Ludwig Steinherr · Tochter Zoe

**Allitera** Verlag

LUDWIG STEINHERR

# *TOCHTER ZOE*

ROMAN

Allitera Verlag

Originalausgabe September 2024
Allitera Verlag
Ein Verlag der Buch&media GmbH München

© 2024 Buch&media GmbH München
Layout, Satz und Umschlaggestaltung: Mona Königbauer
Gesetzt aus der Sabon und Dax
Umschlagmotiv: piola66, iStock
Printed in Europe · ISBN 978-3-96233-460-4

Allitera Verlag
Merianstraße 24 · 80637 München
Fon 089 13 92 90 46 · Fax 089 13 92 90 65

Weitere Publikationen aus unserem Programm finden Sie auf
www.allitera.de
Kontakt und Bestellungen unter info@allitera.de

*Meinem geliebten Vater
Ludwig Steinherr
(1932–2024)*

*Wenn der, der etwas notwendig braucht, dies ihm Notwendige findet, so ist es nicht der Zufall, der es ihm gibt, sondern er selbst, sein eigenes Verlangen und Müssen führt ihn hin.*

Hermann Hesse, Demian

# 1

»Also warte nicht auf mich!«, sagt Julia. Sie steht im Bad vor dem Spiegel. David lehnt in der Tür und sieht ihr zu, wie sie hastig ihre wilden blonden Locken zu einem Pferdeschwanz zusammenrafft und diesen mit einem schwarzen Haargummi fixiert. Ihre Erscheinung bekommt dadurch etwas Kometenhaftes. *Mein Komet* – das ist auch Davids Kosename für Julia. Und kein Name könnte treffender sein. Wie immer ist sie in rasender Eile. Eben erst kam sie von der Bandprobe heimgestürzt, hat ihre Lederjacke weggeworfen, die Schuhe einfach in den Gang geschleudert und ist unter die Dusche gesprungen. Und jetzt befindet sie sich schon wieder im Aufbruch.

»Was schaut ihr an?«, fragt David.

»Käthchen von Heilbronn«, sagt Julia, während sie flink mit dem Kajalstift ihre Augenlider nachzieht. Im Badlicht sieht man die Sommersprossen auf ihren nackten Schultern sehr deutlich. Sie selbst mag die hellen Flecken nicht, aber David findet sie sympathisch. Sie erfüllen ihn mit Zärtlichkeit.

»Käthchen von Heilbronn? Interessiert sowas Neuntklässler heute?«

»Werden wir sehen!« Sie greift zum Lippenstift. Nachdem sie die Lippen geschminkt und zusammengepresst hat, fügt sie hinzu: »Ist übrigens eine Bearbeitung mit Texten von Christa Wolf.«

»Ach Gott!«, sagt David. »Können die nicht ein einziges Stück so lassen, wie es geschrieben war? Das kommt mir vor wie bei deiner Mutter. Die kann auch kein Kleid kaufen, ohne es so lange zu zerschnipseln und umzunähen, bis es verhunzt ist.«

Julia grinst ihm im Spiegel zu. »Spricht da der genervte Lektor?«

»Eher der genervte Theaterbesucher«, sagt er. »Aber was

soll's. Vielleicht hilft das den Schülern ja, sich mit Kleist anzufreunden ...«

»Das ist unsere Hoffnung!«, erwidert sie, während sie rasch in die weiße Bluse mit dem Spitzenkragen schlüpft und sie zuknöpft.

»Und wenn ich jetzt auch mitkommen würde?«, fragt David unvermittelt.

»Du?« Sie lacht.

»Warum nicht?« Er schaut ihr im Spiegel herausfordernd in die Augen.

»Ich denke, du bist todmüde vom Verlag?

»Ja. Aber ich werd schon wieder wach.« Er bemüht sich, munter zu klingen.

»Ach, weißt du, das ist sehr lieb«, sie dreht sich zu ihm herum und küsst ihn vorsichtig, um ihren Lippenstift nicht zu verwischen. »Sonst immer sehr gern. Aber heute ist es nicht so gut. In der Klasse läuft derzeit eine etwas problematische innere Dynamik ab. Da will ich meine volle Aufmerksamkeit den Schülern widmen.«

»Kannst du ja. Du kannst mich völlig ignorieren«, sagt David rasch und denkt: Warum ist mir das auf einmal so wichtig?

»Jaaa ...«, erwidert Julia gedehnt, wie man zu einem kleinen Kind spricht, »aber schau mal: Wenn ich mit meinem Partner aufkreuze, dann haben die Schüler das Gefühl, dass ich nicht mehr ganz für sie da bin. In ihren Augen bist du ein Außenseiter, verstehst du? Das schafft eine Art von Distanz ...«

»Okay«, sagt David und bemüht sich, seine Enttäuschung zu verbergen. »Wie du meinst. War nur ein Angebot.«

»Du bist nicht böse?«

»Nein, nein.« Aber das stimmt nicht. Er ist gekränkt.

Sie steigt in ihre Jeans, zieht den Reißverschluss hoch mit komischer Grimasse, als verlange das all ihre Kräfte, und schließt dann aufatmend den Gürtel mit der Silberschnalle in Delfinform.

»Iss nicht so viel, Julia«, sagt sie streng und klatscht sich auf die Hüften. Ihre Clownerei, er spürt es deutlich, soll ihm gute

Laune machen und ihn die Abfuhr wegen des Theaters vergessen lassen. Doch er ist trotzdem verletzt.

»Ist sonst wer dabei?«, fragt David, nur um etwas zu sagen.

»Ja, die Klasse von Jan«, sagt Julia, während sie sich auf einen Stuhl setzt und ihre Sandalen anzieht.

»Und Jan«, sagt David – er ist selbst überrascht, wie das klingt.

»Und Jan!«, sagt Julia und lacht. »Eifersüchtig?«

»Klar«, sagt David, so selbstironisch er nur kann.

»Dazu besteht ja auch aller Grund!«, erwidert sie und lacht. »Bis dann!«

Damit küsst sie ihn wieder vorsichtig mit ihren blutrot geschminkten Lippen auf den Mund. Zu vorsichtig für seinen Geschmack. Fast nur ein Hauch.

»Viel Spaß!«, ruft er ihr nach. »Du riechst gut!«

Sie lacht und winkt über die Schulter. »Danke!«

Dann wirft sie die Tür hinter sich zu.

# 2

David spaziert durch den Haidhauser Maiabend. Es ist erstaunlich warm. Wie im Sommer. Fast zu intim, diese Wärme. Ob das am Klimawandel liegt? Er öffnet einen weiteren Knopf an seinem Hemd. Aber die Mehrheit der Promenierenden scheint die Temperatur zu genießen. Überall sieht man Menschen schlendern und vor Restaurants und Cafés sitzen. Als hätte die Stadt ihr Inneres nach außen gestülpt. Am Weißenburger Platz mit seinem prachtvollen Glaspalast-Brunnen, wo das Wasser über viele Schalen herabplätschert, herrscht reges Treiben. Um die duftenden Blumenbeete radeln Knirpse auf Miniaturfahrrädern neben ihren Eltern her. Ein Duo singt zur Gitarre *Guantanamera*. Zahllose Liebespaare sind unterwegs, Hand in Hand. Und nicht nur jugendliche Paare. Auf einer Bank küsst sich ein weißhaariges Paar innig und lang. Ein Fotograf könnte davon ein ergreifendes Schwarzweißbild machen.

David versteht im Grunde selbst nicht, warum er hier so alleine herumspaziert. Das ist ganz gegen seine Gewohnheit. Eigentlich ist er todmüde, da hat Julia schon recht. Das Lektorat an dem neuen Buchprojekt ist anstrengender, als er gedacht hatte. An sich eine sehr spannende Biografie über Man Ray, die völlig neue Aspekte in der Kunst dieses Dadaisten und Surrealisten entdeckt. Aber der Autor fühlt sich zu sehr als Genie. Er hat einen Fetzenhaufen abgeliefert und überlässt es David, ein Buch daraus zu machen. Und um jedes Detail muss man feilschen. Müde genug wäre er, um einfach noch eine Kleinigkeit zu essen, ein Glas Wein zu trinken und dann früh ins Bett zu gehen.

Aber irgendwie hält es ihn heute nicht in der Wohnung. Etwas treibt ihn um. Und er kann nicht einmal genau sagen, was es ist. Oder was er sagen kann, ergibt keinen Sinn. Er kann sagen: Er hat Sehnsucht nach Julia. Aber das ist idiotisch. Julia ist ja da. Im Augenblick zwar nicht, aber das sind belanglose drei, vier Stunden. Sie ist da. Sie liebt ihn. Sie lebt mit ihm nun schon seit mehr als zehn Jahren. Was kann ihm da fehlen? Und trotzdem: Er vermisst ihren Duft.

Er muss an ihren Lippenstift-Kuss denken, in dem er Nähe und Distanz zugleich spürte. Nur ein Hauch von Berührung. Ebenso erregend wie zurückweisend. Doch in der Erinnerung überwiegt die Erregung. Ja, er hat Lust, mit Julia zu schlafen. Das letzte Mal ist schon zwei Wochen her. Vielleicht klappt es sogar heute Abend, wenn sie nicht zu spät kommt und wenn er selbst so lange durchhält. Sie wird zwar noch aufgekratzt sein von der Kleist-Aufführung und von den Gesprächen mit den Schülern danach, aber letztlich schafft er es immer, dass sie dann doch auch Lust bekommt.

Er merkt selbst, dass er in einer seltsamen Stimmung ist. Irgendwie wehmütig. Kann es ihn denn im Ernst treffen, dass Julia heute lieber ohne ihn ins Theater gehen wollte? Das ist albern. Ihre Argumente waren absolut vernünftig. Er weiß selbst, dass Schüler es sehr merkwürdig finden, wenn ihre Lehrerin einen Partner anschleppt. Der Spaß mit Jan. Nein, er ist nicht eifersüchtig. Wäre er eifersüchtig, hätte er Julia nicht heiraten dürfen. Julia ist eben Julia.

Aber wie ist Julia denn? Sehr einfach und sehr schwierig, das zu beantworten. Trotz all der Jahre, die er mit ihr verbracht hat. Julia ist Lehrerin mit Leib und Seele, sagen alle. Und das stimmt einerseits und ist andererseits auch wieder falsch. Denn Julia ist gar keine wirkliche Lehrerin. Zumindest nicht im üblichen Sinn. Genauso ist sie eine Künstlerin, ohne Künstlerin zu sein. Mit ihren Auftritten als Sängerin in der Jazz-Band, die sie und ein paar Kollegen gegründet haben.

Julia ist vor allem eines: Julia. Und das heißt: Sie ist immer in Eile. Und warum in Eile? Weil sie immer weitermuss. Weil sie immer begeistert ist. Ihr Erscheinen hat stets etwas Kometenhaftes. Nicht nur wegen des blonden Kometenschweifes. Immer stürzt sie in letzter Sekunde zur Tür herein, atemlos und frisch. Als hätte sie auf ihrem Fahrrad eben noch einen Raumflug unternommen. Dabei ist sie genial im Improvisieren. Das Improvisieren ist ihr eigentliches Talent. Gerade auch als Lehrerin. Ihre Unterrichtsstunden sind Improvisationswunder. Sie hetzt von einem Gespräch unvorbereitet in die Englischklasse und baut eine ganze Stunde auf einem Witz auf, den sie gerade im Treppenhaus gehört hat. Und die Schüler sind begeistert.

Ihren größten Improvisationserfolg hatte sie einmal bei einer Schulaufführung, als sie überraschend für eine erkrankte Schülerin einspringen musste. Julia ist eigentlich eine äußerst mäßige Schauspielerin, wenn man sie regulär als Darstellerin mit gelerntem Text auf die Bühne schickt. Dann wirkt sie steif und unbeholfen. Aber die Rolle der Improvisateurin war ihr auf den Leib geschnitten. Zu spät auf die Bühne stolpernd. Den Textzettel offen in der Hand. Sich immer wieder verhaspelnd und dabei über sich selbst lachend. So war sie ein glänzender Erfolg als Colombina. Als hätte sie die *Commedia dell'Arte* soeben erfunden. Das Publikum in der Aula trampelte Applaus. Danach war die gesamte männliche Zuschauerschaft in sie verliebt.

Ja, David wusste immer, dass er nicht eifersüchtig sein durfte, sonst wäre er mit Julia verrückt geworden. Das war ihm bei ihrer Beziehung von Anfang an klar gewesen. Es gab und gibt tausend Gelegenheiten für sie, ihn zu betrügen. Trotzdem ist er überzeugt, dass sie ihm im Grunde immer treu geblieben ist. Einzelne Eskapaden kann er theoretisch nicht ausschließen, aber er glaubt nicht daran. Auch wenn sie sich schnell verliebt. Zahllose Anlässe bei Schulfeiern, Klassenfahrten. Wie oft kommt es vor, dass er sieht, wie sie einen Kollegen innig umarmt. Einem Schülervater die Hand vertraulich auf den Arm legt. Bei Partys im Kerzenlicht noch lange mit irgendeinem Mann Wein trinkt, im intensiven Gespräch, während er schon gehen muss. Mit Abiturienten auf dem Abiball tanzt. Aber dennoch glaubt er an ihre Treue.

# 3

Sie haben nie geheiratet. Anfangs wollten sie Kinder. Aber es klappte nicht. Und sie fanden beide, dass man nichts erzwingen sollte. Künstliche Befruchtung. Adoption. Julia schüttelte bei solchen Gedanken nur den Kopf. Und so vergingen die Jahre. Sie hatten immer viel zu tun. Vor allem Julia. Ihr Tag war stets völlig ausgeplant. Und unversehens hat Julia nun das Alter erreicht, in dem man trotz der theoretischen Möglichkeit nicht mehr wirklich mit Kindern rechnet. Sie beide haben sich damit abgefunden, dass sich an ihrer Zweisamkeit wohl nichts mehr ändern wird. Ob Julia das ab und zu bedauert? Zumindest spricht sie nie darüber.

Mehr und mehr hat sich gezeigt: Die Schüler sind ihre Kinder. Wenn Schüler nicht mehr weiterwissen, kommen sie zu ihr. Sie ist die Vertrauenslehrerin. Oft, wenn er sie aus der Schule abholen will, steht sie noch mit einem verheulten Mädchen auf dem Gang oder diskutiert mit einem bockig blickenden Schüler in einem Klassenzimmer. Und irgendwie schafft sie es jedes Mal, dass ihre Schützlinge sich am Ende fröhlich oder wenigstens zuversichtlich verabschieden.

Auch David liebt seinen Beruf als Lektor in einem großen Verlag und genießt die Freiheiten, die er mit einer anderen Frau nicht hätte. Julia ist ständig unterwegs – und so kann auch er tun und lassen, was er will. Prinzipiell hätte er sich zahllose Affären erlauben können, aber das entspricht nicht seinem Charakter. Er ist mit Julia und der Situation absolut zufrieden und glücklich. Ja, er liebt Julia. Ihre Begegnungen zwischen Tür und Angel und ihre spontanen Liebesnächte scheinen zwar immer improvisiert. Die Beziehung wirkt dadurch aber auch nach Jahren noch frisch.

Dass Julia die Jazzband als ihre große Leidenschaft hat, verleiht ihr eine künstlerische Aura. Es stimmt, Julia ist in gewisser Hinsicht eine Künstlerin, aber ohne die Schattenseiten des Künstlertums. Selbstzweifel oder Krisen kennt sie nicht – denn sie will nie mehr, als sie tatsächlich kann: Einen Gemeindesaal oder eine Kleinkunstbühne rocken. Und das gelingt ihr immer. Sie hat Präsenz. Nicht die Präsenz für das große Theater oder die wahre Bühne, aber für Partys, Musiksäle, die Aula im Gymnasium. Ob bei Sommerfesten, Weihnachtsbazaren oder Abschlussfeiern. Da ist sie der absolute Star. Und etwas anderes verlangt sie nicht.

Natürlich gibt es auch Menschen, bei denen ihr Charme versagt. Ihr Zauber nicht wirkt. Das nimmt sie in der Regel verblüfft hin, ohne tiefer verletzt zu sein. Nur in wenigen Fällen geschieht es, dass sie wirklich entrüstet von einem Elterngespräch heimkommt. Da ist sie dann allerdings außer sich. Doch nur einen Abend lang. Wenn sie sich beruhigt hat, ist ihre Strategie immer, solche Menschen völlig zu ignorieren.

Julia ist auch meist gut gelaunt. Selten hat sie düstere Anwandlungen oder Depressionen. Und das bloß in vorhersehbaren Situationen. Vor allem Langeweile erträgt sie nicht. Sie muss immer in Bewegung sein, um nicht abzustürzen. Ihr Allheilmittel ist, sich sofort in die nächste Aktivität zu werfen. Das Schlimmste ist für sie Krankheit. Die Isolation aus dem pulsierenden Leben. Damit kann sie nicht umgehen. Julia in Krankheit ist ein völlig anderer Mensch als die gesunde Julia. Da brütet sie düster vor sich hin und verbohrt sich in schwarze Gedanken. Ihre ungebändigte Mähne hat nichts mehr von einem Kometenschweif, sondern erinnert an das zerraufte Haar von Klagefrauen. Sogar ihre Stimme klingt ganz anders. Matt und alt. Aber bei den ersten Anzeichen von Genesung hält sie nichts mehr im Bett. Als erstes duscht sie und rafft ihr Haar zum Kometen. Dann verschickt sie wie wild Mails und WhatsApp-Nachrichten, um sich wieder mit der Welt der Lebenden zu verbinden und ihre strahlende Rückkehr anzukündigen. Wenn sie dann in der Schule erscheint, ist es ein Starauftritt. Glänzender denn je – als käme sie von einer Beauty-Farm. Die kranke Julia gibt es nicht mehr. Sie hat nie existiert, denn die wieder gesunde Julia ignoriert die kranke Julia wie eine fremde Person, die ihr zutiefst unsympathisch ist.

David fragt sich manchmal, wie Julia mit dem Altern umgehen wird, wenn es nicht mehr zu leugnen ist. Noch ist sie mit ihren neununddreißig Jahren so jung, dass sie im Wesentlichen unverändert scheint. Und sie ignoriert das Alter wie Menschen, die sie nicht mag. Wenn jemand über das Alter spricht, schnauft sie ungeduldig: »Ich mache Yoga. Damit wird man tausend Jahre alt.« Ebenso hält sie Krebserkrankungen in der Regel für selbstverschuldet. »Kein Wunder, wenn man nur Tiefkühlkost isst.«

Umso schwerer trifft sie jede Verunsicherung im Glauben an ihre Unsterblichkeit und ewige Jugend. Der Tod eines gleichaltrigen Kollegen bei einem Motorradunfall brachte sie völlig aus der Fassung. Ausnahmsweise gab sie nicht dem Motorrad die Schuld. Zum ersten Mal sah David sie mit einem Heulkrampf auf dem Boden zusammenbrechen. Er war ganz hilflos. So hatte er sie noch nie erlebt.

Aber schon am nächsten Morgen hatte sie sich gefangen. Bei der Beerdigung las sie ein Auden-Gedicht vor, den berühmten *Funeral Blues*, während nur eine einzelne Träne über ihre Wange lief. Einer ihrer größten Erfolge. Legendär. Es war ihr gelungen, wie durch geheimnisvolle Alchemie den Tod in einen Glücksmoment und Sieg des Lebens zu verwandeln.

Oder damals, als ihr Frauenarzt bei einem Abstrich einen bedenklichen Wert festgestellt hatte. Für ein paar Stunden war sie eine Todgeweihte. Fassungslos und haltlos. Eine Nacht verbrachte sie im tiefsten Orkus. Doch anderntags beim Frühstück erklärte sie David lächelnd, es sei eine Fehldiagnose. Sie wisse das einfach. Und als kurz darauf tatsächlich die Entwarnung kam, hielt sie ihm das Ergebnis triumphierend unter die Nase.

Übrigens sind auch Urlaubsreisen für Julia gefährlich. In gewissem Sinne sogar noch gefährlicher als Krankheiten. Nicht dass Julia sich nicht nach Erholung sehnen würde – sie steht ja ständig unter Starkstrom. Und das hält auf die Dauer niemand aus. Insofern seufzt sie mit jedem Ferienbeginn: Endlich! Und tatsächlich erscheint sie am ersten Ferientag mit strahlendem Gesicht zum Frühstück und türmt einen Stapel von Büchern auf den Tisch, die sie jetzt lesen will, und schreibt auf einen Zettel Listen möglicher Aktivitäten. Doch David weiß aus jahrelanger Erfahrung, dass dieser Frieden trügerisch ist. Das kurze Aufatmen – *Keine Schulglocke! Kein Schülergeschrei! Keine Korrekturen!* – währt nicht lange. Jede Unterbrechung des Schulalltags wirft Julia aus der Bahn. Die große Stille der Tage kann sie nicht füllen, wenn keiner da ist, der sie braucht, niemand Probleme hat und die Bandmitglieder alle verreist sind. Schon binnen kürzester Zeit macht die planlose Stille sie verrückt.

Auch Reisen können dieses Schwarze Loch nicht füllen. Zumindest dann nicht, wenn Reisen das einsame Spazieren eines Paares durch eine fremde Stadt oder Landschaft bedeutet. Stranduralube stürzen Julia erst recht in eine depressive Krise. Selbst wenn Julia dann immer lustige Selfies mit Cocktails oder Bilder von sich vor Sonnenuntergängen oder umtosten Küsten an alle Freunde versendet. Die Fotos zeigen nicht die Realität. Sie haben etwas von der Verzweiflung in Vergessenheit geratener Popsängerinnen, die durch übertrieben heitere Bilder in der Klatschpresse beweisen wollen, dass es sie noch gibt.

David hat begriffen, dass Urlaubsfahrten mit Julia überhaupt nur möglich sind, wenn sie nach dem Prinzip von Klassenfahrten funktionieren: strikt geplant, mit engmaschigem Programm – und möglichst in einer Gruppe von Freunden, die von ihr wie von einer charismatischen Lehrkraft geleitet werden. So und nur so kann Julia Ferien machen.

# 4

Unter diesen Gedanken hat David sich bis ins Nachbarviertel, die Au, verlaufen. Das ehemalige Herbergsviertel der Tagelöhner. Er überquert die massive steinerne Gebsattelbrücke, in deren Mitte links und rechts auf den Brüstungen zwei Obelisken emporragen, und auf jedem von ihnen prangt ein Bronzereiher mit einem goldenen Lilienzweig im Schnabel. Tief darunter braust auf einer Straße der Abendverkehr.

Ein junges Paar kommt David entgegen, beide Ende zwanzig. Sie scheinen gerade ihr erstes Date zu haben. Die Frau ist blond und gestylt in einem weißen Kleid. Sie könnte in einer Werbeagentur arbeiten. Der Mann, groß und durchtrainiert mit Vollbart, trägt dagegen zum T-Shirt kurze Hosen und Sandalen. Er wirkt eher wie ein Naturbursche. Welcher Algorithmus hat die beiden wohl füreinander ausgewählt? Tinder? Der Zufall? Göttliche Fügung? Sie halten in ihren Händen Gläser mit Aperol Spritz, die sie mitgebracht haben müssen, denn weit und breit ist kein Lokal.

»Das ist jetzt nicht dein Ernst?«, sagt die Frau. »Ich soll mich hier auf diese Autobrücke hocken? Ich dachte, du führst mich groß aus ...«

»Nein«, sagt der Mann und strahlt. »Hier ist es doch viel romantischer!«

»Mit dir erlebt man Sachen. Also echt«, sagt die Frau.

David läuft noch ein Stück weiter an den Grünanlagen entlang. Dann fühlt er sich plötzlich ziellos und verloren. Er hat nicht einmal Lust, den von hohen Bäumen umwachsenen Pfad zum verträumten Auer Mühlbach hinunterzusteigen, an dem er sonst so gerne entlangspaziert, und kehrt um.

Als er wieder zur Brücke kommt, hat das junge Paar sich bereits auf einer der breiten Steinbrüstungen niedergelassen. Der bärtige Mann sitzt rittlings da, mit einem Bein überm Abgrund. Die Sandalen hängen nur an seinen Zehen, was seine Pose noch waghalsiger erscheinen lässt. David wird vom bloßen Zusehen die Kehle eng, denn er neigt zur Höhenangst. Die blonde Frau ist vorsichtiger, sie hat ihre Schuhe ausgezogen, die nackten Füße dicht beisammen vor sich auf der Brüstung platziert und den Rücken gegen das Fundament des Obelisken gestützt. Sie scheint jetzt ganz ausgesöhnt mit ihrer Situation und trinkt in kleinen Schlückchen von ihrem Aperol Spritz.

Als David vorübergeht, hört er den bärtigen Mann mit ausgebreiteten Armen und volltönender Stimme dozieren: »Das Sein. Verstehst du? Also alles, was es gibt. Alles, was existiert. Metaphysisch. Das Sein ...«

\* \* \*

David ist über eine Stunde lang kreuz und quer in der Au herumgelaufen und nun nach Haidhausen zurückgekehrt. Er muss sich eingestehen: Das Herumlaufen hat seine Stimmung nicht verbessert. Im Gegenteil. Er kommt sich in diesen Straßen, die eigentlich seine engste Heimat sind, wie ein Fremder vor. Wieso bloß? Was hat ihn so aus der Balance gebracht? Vielleicht wird er krank. Er sollte sich irgendwo hinsetzen. Eine Kleinigkeit essen. Der Kühlschrank daheim ist leer. Und auf eine einsam verzehrte Thunfischdose hat er jetzt wirklich keine Lust.

Da er wieder in der Weißenburger Straße angelangt ist und vor der Trattoria *Dal Cavaliere* steht, in der sie oft zu Gast sind, winkt er kurz entschlossen einem der Ober, den er gut kennt, und lässt sich von ihm zu einem Tisch vor dem Restaurant führen.

Aber kaum sitzt er allein an seinem Platz, begreift er, dass das ein Fehler war. Überall an den Tischen ringsum befinden sich Paare, Familien oder Gruppen von Freunden im heiteren Gespräch. Alle genießen den Maiabend. Nur er ist solo. Der einzige Single. Plötzlich fühlt er sich ausgegrenzt. Ja, auf eine geradezu kindliche Art verlassen und verwaist. Was absurd ist. Ein paar hundert Meter von seiner Wohnung. Und nur zwei Stunden von

Julias Heimkehr entfernt. Umso absurder, da er sonst nie Probleme hat, irgendwo auf der Welt allein in einem Lokal zu sitzen. Im Gegenteil. Es bereitet ihm sogar immer besondere Freude. Er hat schon in New York mutterseelenallein zwischen lauter Fremden in einem Nobelrestaurant mit großem Genuss ein einsames Dinner eingenommen. Das war ihm wie ein Abenteuer vorgekommen. Warum erscheint es ihm dann heute so unerträglich? Er hat keine Ahnung. Trotzdem will er sich gerade wieder erheben, als Salvatore ihm die Karte hinlegt und fragt, was er schon zu trinken bringen darf. Nun kann David nicht mehr zurück. Er bestellt rasch ein Glas Primitivo und dazu – ohne Blick in die Karte – die *Pasta allo scoglio*, die er hier gerne isst. Wer weiß, vielleicht ist das die beste Therapie und das Einzige, was ihm fehlt.

Während er aufs Essen wartet, blickt er umher. Wer alleine sitzt, muss umherblicken. Menschen betrachten. Gesprächsfetzen mithören. Was soll er sonst tun? David hat kein Buch dabei, in dem er lesen könnte. Keine Zeitung. Sogar sein Handy hat er vergessen – den Rettungsanker so vieler Einsamer, die nicht einsam erscheinen wollen. Wer in seinem Handy die Mails oder WhatsApp-Nachrichten durchstöbert oder zu durchstöbern vorgibt, ist nicht einsam. Im Gegenteil. Er hat Freunde überall auf der Welt. Selbst am verlorensten Ort im Kosmos sind sie von ihm nur einen Atemzug entfernt. Er ist wie ein Heiliger, den unsichtbare Engelscharen umgeben. Viel kostbarer als jedes sterbliche Gegenüber. Er ist in seiner Einsamkeit ein Erwählter. – Na schön, denkt David. Vielleicht seh ich alles übersteigert mit meiner Einsamkeitshypochondrie. Ich bin einfach nur müde.

Aber was soll's. Jedenfalls gibt er dem Drang nach und blickt umher zwischen den Gästen und lauscht.

»Ich gehe dieses Jahr zum dritten Mal den Jakobsweg«, sagt an einem der Nebentische ein grauhaariger Mann zu einer grauhaarigen Frau und blickt sie eindringlich an, als wäre das eine kühne Eröffnung.

»Zum dritten Mal?«, erwidert sie eher spöttisch und schüttelt den Kopf. David bemerkt, dass sie unterm Tisch nach ihrer Smartwatch schielt.

An einem anderen Tisch sitzt eine Gruppe von Studenten, die sich lautstark und lachend Anekdoten über ihre Fakultät erzählen. Offensichtlich geht es um Technik oder Maschinenbau. Eine schmale Frau mit langen blonden Locken und Designerbrille sagt: »Ja, und dann haben diese Volltrottel doch in der Werkstatt den selbstgebauten Schmiedeofen ohne jede Erlaubnis angeworfen und ihn auf 1.300 Grad hochgejagt, dass schon der Stahltisch zu glühen begann, und tanzten gerade wie eine Horde von Urmenschen um ihre Feuerstelle herum – und plötzlich steht der Prof vor ihnen und brüllt sie zusammen …«
Alle lachen.
Als David den Kopf zum nächsten Tisch dreht, fährt er heftig zusammen und blickt schnell weg. Da sitzt eine Frau, die er kennt. Und wie er sie kennt. Auch wenn er sie seit tausend Jahren nicht mehr gesehen hat. Und auch, wenn sie mit dem Rücken zu ihm sitzt. Nach tiefem Luftholen wagt er es, doch wieder hinüberzuschauen.
Ja. Das ist Carla. Kein Zweifel. Carla.

# 5

Einen Augenblick ist er in Verwirrung. Er weiß wirklich nicht, was er tun soll. Aufstehen? Gehen? Die Situation erscheint ihm fast surreal. Wie ein Zeitsprung. Carla. Wie lange ist es nun her, dass sie sich getrennt haben? Fast zwei Jahrzehnte? Er selbst war damals erst Anfang zwanzig. Und die Trennung war so definitiv katastrophal, dass Carla wirklich vollständig aus seinem Leben verschwunden ist. Sogar mit den wenigen gemeinsamen Freunden hat sie damals gebrochen. Wenn er überhaupt je an die eineinhalb Jahre mit ihr zurückgedacht hat, dann nur im Grauen. Ihre Beziehung war von Anfang an ein Missverständnis gewesen. Und sie hat seinerzeit die gemeinsame Strindberg-Hölle wohl mit demselben Gefühl der Erlösung verlassen wie er – denn sie hat sich nie mehr gemeldet. Warum hatten sie es überhaupt so lange miteinander ausgehalten? Schuld war der Satz eines Freundes gewesen: *Man kann sich nicht auseinanderraufen, man kann sich nur zusammenraufen.* Daran hatten sie beide zu lange geglaubt. Dabei war der Satz völliger Blödsinn.

Und nun sitzt sie da drüben, Carla, einfach so, und spricht mit einer jungen Frau. Einem Mädchen. Carla. Ihr brünettes Haar ist nun kürzer und hat ein paar graue Strähnen. Dabei wirkt sie noch immer wie eine Französin, obwohl sie in Wahrheit hanseatische Wurzeln hat. Sie spricht halblaut, aber dezidiert mit scharf akzentuierten Handbewegungen. David kennt diese Handbewegungen nur zu gut, da sie bei ihm oft genug Adrenalinstöße ausgelöst haben. Seltsam, dass sich die Gesten nicht ändern. Auch nicht nach Jahrzehnten. Auf den ersten Blick weiß er: Carla ist gerade dabei, einen Streit zu beginnen. Das Mädchen, das wohl ihre Tochter ist, blickt genervt zur Seite. Sie ist rotblond und blass und wirkt zerbrechlich, gleichzeitig aber irgendwie widerständig.

Die Mutter sagt eben: »Pass auf! Ich finde einfach, dass diese Clique für dich kein guter Umgang ist …«

Die Tochter schnauft und verdreht die Augen: »Clique! Was heißt da Clique!«

»Du weißt, was ich meine … Lea nimmt Drogen …«

Die Tochter lacht auf: »Drogen! Weil sie ab und zu kifft! Das macht jeder! Da darf ich überhaupt nicht mehr in die Schule gehen! Das ist jetzt eh alles legal …«

»Ist es nicht! Und von Stella will ich gar nicht sprechen …«

»Mama! Willst du jetzt wieder all meine Freunde schlechtmachen? Ich dachte, das soll ein Versöhnungsessen werden!«

»Schon gut. Schon gut«, sagt Carla beschwichtigend. »Ich bin ja froh, dass du überhaupt schon wieder isst … die Therapie scheint anzuschlagen …«

»Das geht dich nichts an! Das ist meine Sache!«, sagt die Tochter und beißt auf ihre Lippe.

»Okay. Deine Sache«, erwidert Carla. Nach einer Weile beginnt sie in übertrieben beiläufigem Ton: »Und? Willst du nicht doch wieder zum Geigenunterricht gehen?«

»Mama, ich hab dir gesagt, die Geige ist für mich gestorben …«

»Ja, das hast du gesagt. Aber es ist sehr, sehr schade – ich meine, bei deiner Begabung – das war doch immer dein großer Traum: Konzertgeigerin …«

»Dein Traum, Mama – nicht meiner! Mein Traum war das nie … Für mich war es immer nur ein Albtraum …«

»Das ist unendlich schade … du hast so viel schon erreicht … und nun wirfst du das einfach weg …«

»Das verstehst du nicht. Du hast keine Ahnung.«

»Na schön, dann hab ich keine Ahnung, aber Frau Rieker schon. Sie spielt immerhin im Rundfunkorchester. Und Frau Rieker ist tief, tief traurig, dass du dein Talent so verschleuderst …«

»Woher weißt du das?«

»Ich hab gestern mit ihr gesprochen …«

»Du hast *was*? Du sprichst mit meiner Geigenlehrerin? Hinter meinem Rücken?«

»Was heißt hinter deinem Rücken? Ich hab sie eben zufällig getroffen und Frau Rieker hat gleich angeboten, dass du nächste Woche wieder kommen könntest ... Ich habe gesagt, dass du immer mittwochs ab 13 Uhr Zeit hast ...«

»Ich glaub das nicht! Dauernd entscheidest du über meinen Kopf hinweg. Das ist krank. Du leidest echt unter einem Kontrollwahn!«

»Ich will nur dein Bestes.«

»Also wenn du so schon wieder anfängst ...« Die Tochter greift nach ihrem orangen Rucksack und will sich erheben.

»Zoe! Jetzt bleib da!«

Zoe! David ist elektrisiert von dem Namen. Zoe. Ganz zu Anfang ihrer Beziehung, als alles noch halbwegs gutging, dachten Carla und er einmal spaßhaft darüber nach, welche Namen sie ihren Kindern geben wollten. Carla stimmte damals für Felix und Sophia, David für Julian und Zoe. Seltsam, dass er sich an dieses Gespräch noch so genau erinnert. Und nun trägt dieses Mädchen ausgerechnet den Namen, den er ausgesucht hat! Wenn auch in einem früheren Leben ... Zoe! Was ist Carla da eingefallen?

»Zoe! *Bitte!*«, sagt Carla eindringlich zu der bereits stehenden Tochter.

Tatsächlich lässt sich Zoe nach kurzem Zögern beschwichtigen und setzt sich wieder. Wenn auch in Alarmposition, als wäre sie jede Sekunde zum erneuten Aufspringen bereit.

Carla macht eine Pause, offensichtlich, um einen versöhnlicheren Tonfall zu suchen, und setzt dann wieder an: »Zoe, ich hab ja gesagt, wenn es gar so wichtig ist, dann kannst du von mir aus für die erste Pfingstwoche mit deinen Freundinnen nach Rom fahren. Chiara ist ja okay. Ihre Mutter ist immerhin Ärztin.«

Zoe stöhnt.

Carla wirft ihr einen Blick zu: »Du brauchst nicht zu stöhnen. Ich will bloß sagen: Wenn Chiaras Großeltern euch einladen, wird es schon okay sein ... Ich bin einverstanden.«

»Vielen Dank, Mutter!«, sagt Zoe sarkastisch. »Ist dir schon mal aufgefallen, dass sowas in anderen Familien kein solches Drama ist?«

Carla überhört es und schenkt sich ein Glas Wein ein. Dann fährt sie fort: »Auch wenn du es nicht glaubst, Zoe: Ich freue mich für dich. Rom ist umwerfend. Das wirst du sehen. Ich wünsch euch eine wunderbare Zeit und kann euch nur einen Rat geben: Vergesst das touristische Rom und verschwendet eure kostbare Zeit nicht mit Shopping und Club-Besuchen. Wenn ihr am Freitagabend ankommt, dann steigt gleich am Samstagvormittag aufs Kapitol! Geht in die *Kapitolinischen Museen*! Da seid ihr am Ursprung ...«

»Schreibst du mir jetzt noch vor, wohin ich mit meinen Freundinnen gehen soll?«

»Was bist du wieder so aggressiv? Ich geb dir nur einen Rat. Schließlich kenn ich Rom ein bisschen besser als ihr ...«

»Ja, klar. Willst du nicht gleich mitfahren und für uns die Fremdenführerin spielen? So mit Regenschirm und Mikrofon?«

»Sei nicht albern. Ich rate dir bloß: als Erstes zum Kapitol ...«

»Ich schwör dir, das ist das Letzte, was wir tun werden!«

»Wieso? Weil ich es rate?«

»Exakt! Weil du es rätst!«

Carla schüttelt den Kopf: »Na schön, dann lasst es halt. Mach, was du willst. Ist mir egal. Ich möchte nur nicht, dass du dich wieder in irgendwelche Dummheiten reinziehen lässt ...«

Zoe stöhnt auf: »Mama, akzeptier endlich mal, dass ich ein eigenes Leben habe. Ich bin nicht schwachsinnig. Ich werde bald achtzehn ...«

»Na ja, in einem halben Jahr ...«

»Eher in fünf Monaten ...«

»Das ändert nichts daran, dass du gewisse Probleme hast ...«

Da springt Zoe auf und packt den Rucksack: »Mein einziges Problem bist du!« Damit läuft sie einfach fort und hört nicht mehr auf ihre Mutter, die ihr noch halblaut nachruft: »Zoe! Zoe!« Aber da ist die Tochter schon in einer Schar von Nachtschwärmern untergetaucht.

Als Zoe verschwunden ist, sitzt Carla plötzlich genauso als Single da wie David, von dessen Präsenz sie keine Ahnung hat, obwohl sie einander fast berühren könnten. Wie in einer Übersprungshandlung und um den Abgang der Tochter zu überspielen, schenkt sie sich den Rest Wein aus der Karaffe ins Glas. Dann schaut sie vor sich hin, in Gedanken versunken, und trinkt langsam Schluck um Schluck. Vielleicht denkt sie noch über die Tochter nach, vielleicht auch schon über ganz anderes.

Carla. Wie ihr Leben jetzt wohl aussieht? Was in ihr vorgehen mag? Sie scheint ihm fremder als ein Alien. Unvorstellbar, dass sie beide in einem anderen Universum einmal ein Paar waren, zusammen gelacht und gestritten und miteinander geschlafen haben.

Nach geraumer Weile macht Carla dem Kellner ein Zeichen, bezahlt und erhebt sich. David wendet sich in übertriebenem Schrecken ab, als wäre ein Blickkontakt der Super-GAU. Doch im Gehen drängt Carla so eng an ihm vorbei, dass sie seinen Rücken streift. Sie murmelt eine Entschuldigung. Und genau in der Sekunde begreift David blitzartig, was er in dem belauschten Gespräch eben erfahren hat. Fassungslos sitzt er da – mit rasendem Herzen.

# 6

David läuft wie im Traum durch die immer noch warme Mainacht. Er spürt nicht, wohin er geht, und nimmt nichts und niemanden wahr. Kann es sein? Hätte Carla ihm das wirklich verschwiegen? So etwas unfassbar Großes? Eine Tochter?

Fieberhaft erwägt er jedes Für und Wider. Und er kommt zum Schluss: Nach allem, was war, nach allem, was er über Carla weiß – ja, es ist denkbar, dass sie es ihm verschwiegen hätte. Zwei ihrer Lieblingssätze waren damals: *Ich brauche dich nicht* und *Wenn du gehst, gehst du für immer.*

Ein absoluter Bruch – das passte zu Carla. Und zu ihrem Stolz. Auf Alimente war sie nicht angewiesen. Sie stammte aus reicher Familie und hatte ihm gegenüber einen Altersvorsprung von fünf Jahren. So war sie, während er noch studierte, bereits fertige Juristin und verdiente in ihrem Beruf damals schon sehr gut. Das Missverhältnis war für ihre Beziehung sicher nicht förderlich gewesen. *Ich bin eine Traumfrau* war ihr dritter Lieblingssatz. Und das stimmte in gewisser Weise – wenn ein Mann sich eine Frau wünschte, die sein Leben komplett in die Hand nahm und durchorganisierte und ihm nicht die kleinste Schrankecke oder den hintersten Gehirnwinkel überließ. Für ihn allerdings war sie eine Alptraumfrau gewesen. Er hatte sich immer wie in einer kommunistischen Diktatur gefühlt, die alle Bürger zu ihrem Glück zwingen will – doch wehe, sie teilen nicht diese Glücksvorstellung. *Ich fühle mich wie im chinesischen Überwachungsstaat* – das war seinerzeit sein häufigster Satz gewesen. Sie hatte nie verstanden, was er damit meinte. *Wenn du gehst, gehst du für immer.*

Ja. Psychologisch passt alles.

Aber ist es auch zeitlich denkbar? *Eher in fünf Monaten*, hat

Zoe gesagt. Alles hängt an dem Wort *eher*. Wieder und wieder rechnet er nach. Die Trennung von Carla. Das muss vor achtzehn Jahren und höchstens zwei Monaten gewesen sein. Und trotz allen Streites hatten sie bis zuletzt in verzweifelten Versöhnungsversuchen immer wieder miteinander geschlafen. Der Sex war das Einzige, worin sie sich wirklich verstanden. Carla hätte natürlich zu dieser Zeit theoretisch auch bereits einen anderen Geliebten nebenher haben können. Aber das war nicht Carlas Art. Das hätte ihrer zwanghaften Ordnungsliebe widersprochen. Schlampige Verhältnisse hasste sie. Auf ihrem Schreibtisch durfte immer nur der eine Stift liegen, den sie gerade benutzte.

Ja, denkt David. Es ist möglich. Alles ist möglich.

Wäre da nicht das Mysterium des Namens *Zoe*. Warum in aller Welt hat Carla nach der radikalen Trennung von ihm für ihre Tochter ausgerechnet seinen Lieblingsnamen gewählt? Zoe – war das ein Rest von Sentimentalität? Eine Art von korrekter Etikettierung? Oder Trotz? Wollte Carla gerade so ihre Unabhängigkeit beweisen?

Sie ist damit in jedem Fall ein großes Risiko eingegangen. Denn wenn David seiner Tochter nun schon viel früher durch einen verrückten Zufall wie heute Abend begegnet wäre oder über Freunde von Zoe gehört hätte – was dann?

Der Name musste doch sofort seinen Verdacht wecken! Fühlte Carla sich so sicher? Wollte sie das Schicksal herausfordern? Hatte sie das Gespräch über Kindernamen völlig vergessen und war nur durch ihr Unterbewusstsein überlistet worden? Ließ sie sich beim Ausfüllen der Geburtsurkunde von einem spontanen Impuls leiten, den sie längst bedauerte? Oder war es damals sogar Carlas heimlicher Wunsch gewesen, sich zu verraten? Hoffte sie trotz allem in ihrem tiefsten Herzen, er würde von Zoes Existenz erfahren und sie könnten am Ende doch noch eine Familie werden? Schwer vorstellbar. Nach all dem Streit und Hass …

David kapituliert. Er begreift nicht, was in Carla vorging. Doch so absurd all diese Möglichkeiten auch scheinen – noch absurder wäre die Gegen-Hypothese: Dass Carla für die Tochter eines anderen Mannes den Namen *Zoe* gewählt hätte.

David bleibt mitten auf der nächtlichen Straße stehen und sagt laut den Satz in die Luft: »Zoe ist meine Tochter.«

Es gibt keinerlei Beweise dafür. Er hat es nur zur Probe gesagt. Aber er hat den Satz gesprochen und er hat ihn aus seinem eigenen Mund gehört. Egal, was die Vernunft mahnt: Er glaubt dem Satz. Er glaubt dem Namen *Zoe*. Als ihn ein Autofahrer anhupt – der Mann hält ihn wohl für einen Betrunkenen –, weicht er rasch auf das Trottoir aus.

Im Weitergehen denkt er: Ja, ich habe den Satz gesprochen. Ich glaube daran. Für mich steht es fest: Zoe ist meine Tochter. Aber was sind die Konsequenzen? Ich weiß nicht einmal, wie sie mit Nachnamen heißt und wo sie lebt. Eine der letzten Nachrichten, die ich vor Ewigkeiten über Carla gehört habe, war, dass sie verheiratet ist und nun einen anderen Namen trägt und auch in eine andere Stadt gezogen ist. Natürlich – mit etwas Geduld und Google lässt sich alles herausfinden. Sie lebt ja mit ihrer Tochter nicht im Zeugenschutz-Programm des FBI. Zur Not könnte ich einen Privatdetektiv engagieren. Aber will ich das? Was würde das nützen?

Selbst wenn ich ihren Namen und Wohnort wüsste – was könnte ich tun? Was sollte ich sagen? Carla würde alles unternehmen, um Zoe von mir fernzuhalten. Denn sogar, wenn sie anfangs noch auf meine Rückkehr gehofft hätte – jetzt wäre es zu spät. Die Tür wäre endgültig zugeschlagen. *Wenn du gehst, gehst du für immer.* Ich hätte auch keinerlei Rechte oder Beweise. Soll ich Zoe etwa zum Gentest zwingen? Darf ich sie überhaupt mit einer solchen Eröffnung belasten?

Und Julia? Was ist mit Julia? Wie würde sie eine Tochter von mir aufnehmen, wo wir beide doch kinderlos sind?

Selbst wenn es die Wahrheit ist, selbst wenn Zoe meine Tochter ist – ich kann nichts tun. Absolut nichts. Mir bleibt keine Möglichkeit, mich Zoe zu nähern. Außer –

\* \* \*

Als David die Tür aufschließt, erwartet er, in eine dunkle, verlassene Wohnung zu kommen. Aber alle Zimmer sind hell erleuchtet wie zu einem Fest. Julia kommt ihm entgegengelaufen –

schon umgekleidet und abgeschminkt und geduscht. Sie trägt jetzt nur ein knielanges weißes T-Shirt, hat das Haar offen und hält in der Hand eine große Tasse mit Milch. Sie schaut wunderschön aus und ruft: »Sag mal, wo kommst du denn jetzt her? Ich hab gedacht, ich finde dich im Tiefschlaf.«

»Ja … Nein«, murmelt David und legt den Schlüssel auf den Tisch. »Ich war unterwegs.«

»Unterwegs?«

»Ja, nur so herumgestreunt.«

»Herumgestreunt?« Julia runzelt die Stirn. »Das machst du doch sonst nicht!«

»Nein …« Er greift ziellos nach der Zeitung und legt sie wieder weg. Julia folgt ihm mit Blicken, was ihn beunruhigt. Warum schaut sie so? Wirkt er so verwirrt? Sieht man ihm an, dass er eine Tochter hat?

»Du bist irgendwie komisch«, sagt Julia. »War was los?

»Los? Nein. Nichts. Ich habe nur nachgedacht.«

»Nachgedacht? Worüber denn?«

»Schwer zu sagen.«

»Schwer zu sagen?«

»Ja. Ich weiß nicht.«

David starrt zu Boden. Er überlegt fieberhaft. Zoe. Ist das nun der Moment, wo er alles erzählen muss?

Da berührt Julia besorgt seinen Arm.

»Aber du hast jetzt nicht im Ernst über Jan nachgegrübelt?«, fragt sie und schaut ihm forschend ins Gesicht, während sie ihm behutsam eine Locke aus der Stirn streicht.

»Nein, nein.« Er schüttelt erleichtert den Kopf.

»Da ist nämlich absolut nichts. Das weißt du?«

»Ja, ich weiß.«

»War blöd von mir, dass ich da vorhin so abwehrend reagiert habe. Tut mir leid. Du hättest gerne mitkommen können. Es wäre schön gewesen.«

»Ja.« Er schaut vor sich hin.

Sie streichelt seine Wange, küsst ihn zart und flüstert ihm ins Ohr: »Wenn du willst, können wir noch was Schönes machen. Ich hab Lust auf dich und bin auch gar nicht müde.«

Er sagt: »Ja.« Doch er blickt noch immer ins Leere.
Da tritt Julia irritiert einen Schritt zurück.
»David! Was ist los? Was ist denn mit dir?«
Und plötzlich wagt er es: »Julia, ich muss dich etwas fragen …«
»Was ist denn? Schau nicht so! Du machst mir Angst!«
»Julia – können wir jetzt über Pfingsten nach Rom fliegen?«

# 7

Zwei Tage sind vergangen. Die Flüge nach Rom sind gebucht. David befindet sich im fortwährenden Ausnahmezustand. In einer Art von Höhenrausch und gleichzeitig in einer namenlosen Vorfreude, wie er sie in seinem Leben noch nie empfunden hat. Er schläft und isst kaum, kann sich auf nichts anderes mehr konzentrieren, ist rastlos, aber gleichzeitig bester Laune.

Julia spürt seine Veränderung. Sie sagt nichts. Doch er merkt immer wieder, wie sie ihm forschende Blicke zuwirft. Seine grundlose Heiterkeit kommt ihr verdächtig vor. Sie beobachtet ihn, wie um Anzeichen zu entdecken. Wovon auch immer. Was erwartet sie? Eine Fieberattacke? Einen hysterischen Lachanfall? Das Geständnis einer Affäre? Die Eröffnung eines Lottogewinns? Einen Sprung aus dem Fenster im siebten Stock in der Meinung, er könnte fliegen? All das wäre nicht ganz falsch. Denn er selbst hat das Gefühl, dass all das sich in ihm vorbereitet. Und warum das Ganze? Nur wegen Zoe.

Wie kann das sein, wo er doch zuvor gar nichts vermisst hat? Noch vor wenigen Stunden war der Gedanke an ein Kind ihm in etwa so fern wie die Überlegung, sich ein Landhaus in Schweden zu kaufen – schon nett, aber nichts, was man wirklich in Erwägung zieht. Doch jetzt kommt es ihm vor, als hätte er die ganze Zeit nur auf Zoe gewartet. Die Tatsache, dass er keiner Menschenseele bislang davon erzählt hat, macht seinen Zustand sowohl irreal als auch schwerelos. Man sagt zwar, geteilte Freude sei doppelte Freude, doch in Davids Fall gilt das nicht. Gerade weil er die Freude mit niemandem teilt, wird sie auch nicht durch vernünftige Einwände gedämpft und in Schranken gehalten. Sie tost frei und ungebändigt. Das berauschende Frühlingslicht tut ein Übriges. Er schwebt durch diese hellen Maitage und ist zu nichts anderem mehr zu gebrauchen, als über Zoe nachzudenken.

\* \* \*

David sitzt an seinem Schreibtisch im Verlag und tut so, als würde er arbeiten. Er hält eine Schwarz-Weiß-Fotografie in den Händen. Ein Frauengesicht in Nahaufnahme. Man sieht nur die obere Gesichtspartie, schräg im Bild. Der Blick ist aufwärtsgerichtet. Schöne, große Augen mit langen getuschten Wimpern, die an Stummfilmschönheiten erinnern. Die Frau schaut unendlich traurig. Und auf ihrem Gesicht sind Tränen verteilt. Doch keine echten Tränen. Glastränen. Fünf Stück. *Larmes de verre* oder *Glass Tears* heißt die Fotografie, die Man Ray zwischen 1930 und 1932 geschaffen hat. Die Interpreten streiten sich noch immer über die Bedeutung. Man sah darin eine Anspielung auf das erzwungene Schweigen der Stummfilmdiven oder spöttische Krokodilstränen einer Frau, die sich über männliche Sentimentalität lustig macht. David scheint das eine so lächerlich wie das andere. Man Rays Bilder werden durch jede Interpretation nur zerstört. Da muss er seinem Autor völlig recht geben. Was ihn selbst fasziniert an dieser Fotografie, ist dieser fast physische Eindruck, dass man die Glastränen einfach wie Kiesel vom Gesicht wegnehmen könnte. Doch was würde dann aus dem Gesicht? Bliebe der Ausdruck derselbe? Oder wäre die Trauer plötzlich verschwunden? Könnte man das erstarrte Gesicht auf diese Weise wie in einem Märchen erlösen? Kann man überhaupt jemanden erlösen? Kann er Zoe erlösen? Und wenn ja, wie?

\* \* \*

Er hat sie gefunden. Google. Es war kinderleicht. Drei Tage kämpfte er mit sich. Doch jetzt hat er gegoogelt. Carla trägt noch immer (oder wieder) ihren alten Namen Carla Schneider und hat eine Kanzlei für Steuerrecht in Augsburg, wo sie auch wohnt. Es gibt zahlreiche juristische Veröffentlichungen von ihr. Viele Fotos sind im Netz verstreut, die sie in verschiedenen Stufen des langsamen Alterungsprozesses zeigen. Doch alles Bilder aus dem beruflichen Kontext.

Zoe hingegen kann er mysteriöserweise nicht aufspüren. Unter den Suchbegriffen *Zoe Schneider Geige Augsburg* gibt es zwar einige Treffer, aber letztlich passt kein Ergebnis. Es existiert tatsächlich eine Zoe Schneider, die jedoch weder in Augsburg lebt noch Geige spielt und viel zu alt ist. In Augsburg wiederum finden sich zwei Geigerinnen mit dem Nachnamen Schneider, wobei die eine allerdings Anne und die andere Laura heißt. Zudem stimmt keines der Fotos, die er überfliegt, mit seinem Erinnerungsbild aus dem *Cavaliere* überein.

Auch auf Facebook scheint Zoe nicht vertreten. Wie kann das sein? Von einer talentierten Geigerin muss es doch Spuren im Internet geben! Konzerte, Auftritte, Wettbewerbe. Was macht er nur falsch? Aber wie auch immer: Im Grunde spielt das keine Rolle. Indem er Carla gefunden hat, hat er auch Zoe gefunden. Das ist klar. Ein Triumph? Nein.

David lehnt sich unwillig in seinem Sessel zurück, dass es knarzt, und schaut aus dem Fenster in die Dunkelheit hinaus. Es ist der Vorabend des Rom-Fluges. Weshalb musste er seiner Neugier nachgeben? Warum hat er gegoogelt? Eigentlich sollte er mit dem Ergebnis ja zufrieden sein. Er hat sie wirklich gefunden. Doch gerade das war seine Befürchtung. Gerade deshalb hat er so lange gezögert.

Jetzt hört er, was er eigentlich nicht hören wollte: die Stimme der Vernunft.

Diese Stimme sagt: Wozu noch Rom? Du weißt jetzt, wie Zoe mit vollem Namen heißt und wo sie lebt. Sie kann dir nicht mehr entgehen. Warte ab! Zumindest, bis sie achtzehn ist. Besser noch zwei, drei Jahre länger. Je reifer sie ist, desto eher kann sie deine Enthüllung verkraften und desto geringer ist Carlas Macht über sie. Und dann versuche, sehr, sehr vorsichtig Kontakt mit Zoe aufzunehmen. Vielleicht sogar erst per Brief oder Mail. Nimm dir Zeit! Überstürze nichts! Was soll dieses kopflose Rom-Abenteuer?

David erhebt sich und geht unruhig auf und ab. Nein, diese Stimme irrt sich! Ob sie nun von der Vernunft kommt oder woher auch immer. Fast achtzehn Jahre des Lebens seiner Tochter hat er versäumt – und er ist nicht bereit, noch eine Sekunde länger zu warten. Rom – das ist ein Geschenk des Zufalls, wie man es nur einmal im Leben bekommt! Wenn er das ausschlägt, wird er es sich nie verzeihen! Was soll abwarten bringen? Vielleicht überrollt ihn morgen ein Laster. Vielleicht stößt sogar Zoe etwas Schlimmes zu bei ihrer gefährdeten Existenz. Und was nützt ihm das bloße Wissen, dass Zoe in Augsburg lebt? Sie in Augsburg auch nur von Ferne sehen zu wollen, ist viel gefährlicher als das Rom-Abenteuer. In dieser kleinen Stadt kann er an jeder Ecke Carla über den Weg laufen. Und dann ist alles zerstört. Augsburg kann er nicht wagen. Augsburg ist tabu. Also wie soll das Abwarten dann aussehen? Dass er jeden Abend mit einer Weinflasche vor Google sitzt und stundenlang wehmütig durchs Netz geistert und betet, dass irgendwo doch ein Foto von Zoe gepostet werden möge? Eine digitale Pixel-Tochter! Ist es das, womit er die nächsten Lebensjahre verbringen will?

Nein! Rom ist das große Geschenk des Zufalls! Er wird es annehmen! Morgen um 13.30 geht der Flug. Um 15.00 wird er landen. Er spürt eine rasende Freude!

# 8

David schaut aus dem Bullauge in die metaphysisch erleuchtete Wolkenlandschaft hinaus. Dieses überirdische Licht da draußen hat alle kleinlichen Zweifel von gestern hinweggefegt. Er ist jetzt auf einer höheren Bewusstseinsebene. Fast empfindet er eine Art von mystischer Entrückung. Alles entzieht sich. Entgleitet. Er segelt im strahlenden Nirgendwo. Er hat ein starkes Gefühl der Derealisation. Das ist ihm bisher nur ein einziges Mal in dieser Weise widerfahren – beim Tod seiner Mutter. Menschen verschwinden ins Nichts. Menschen kommen aus dem Nichts. Jeder weiß das. Aber es gibt nur wenige Momente im Leben, in denen man es bis unter die Haarwurzeln spürt. Er wusste, dass das beim Tod so ist. Doch dass diese Erkenntnis einen auch bei der Geburt eines Kindes so tief durchfährt, weiß er erst jetzt.

Dabei hat er Zoes Entstehung und Geburt ja gar nicht miterlebt. Nicht das Pochen des Herzens auf dem Ultraschall. Nicht die Stöße im Mutterleib. Nicht den ersten Schrei im Kreißsaal. Nicht das Durchtrennen der bläulich pulsierenden Nabelschnur. Wie die schaumgeborene Aphrodite steht sie fertig und erwachsen vor ihm. Oder wie Pallas Athene, die in voller Gestalt und Rüstung aus dem Kopf ihres Vaters Zeus hervorsprang. So etwas kommt sonst nur im Mythos vor. Doch exakt dies ist seine Situation.

Und trotzdem. In diesen wenigen Stunden hat er alles wie im Zeitraffer nacherlebt. Wenn auch nur in seiner Vorstellung. Ja, er hat alles erlebt: Den Herzschlag des Embryos. Die Fußtritte des Fötus. Den Schrei des Neugeborenen. Das Durchschneiden der Nabelschnur. Sie ist da. Geboren in diese Welt. Menschen verschwinden nicht nur ins Nichts, sie kommen auch aus dem

Nichts. Was für ein Wunder! Die Wirklichkeit scheint so dünn wie Seidenpapier. Alles unfassbar. Das Leben. Zoe.

»Also ich weiß nicht«, sagt Julia neben ihm im Flugzeugsessel und rührt in ihrem Kaffee. »Irgendwie kommt es mir vor, als ob du seit drei Tagen völlig neben dir stehst.«

Sie leckt das Holzstäbchen ab, das sie als Löffel benutzt hat.

»Tut mir leid«, sagt David. »Ich hatte viel Stress in letzter Zeit. Du weißt ja. Aber es geht mir gut.«

»Na schön. Auch wenn ich noch immer nicht verstehe, warum ich jetzt im Flugzeug nach Rom sitze. Warum ausgerechnet Rom? Gerade noch hatten wir über Schottland gesprochen und Hotels dort gegoogelt. Und wenn schon Rom, warum dann nicht mit der Bahn? Monatelang hast du mir Brandreden gehalten, dass Fliegen völlig unverantwortlich ist und den Planeten zerstört … und nun von einer Sekunde auf die andere …« Sie streift sich die Lockenmähne zurück und zieht die Augenbraue hoch.

»Ja, ich weiß, ich weiß …« David zuckt hilflos mit den Schultern und wischt mit seiner Fingerspitze ein paar Zuckerkörner auf dem Klapptisch vor sich zur Seite. »Ich kann es dir nicht erklären … Plötzlich wusste ich einfach, dass ich nach Rom muss … und dass ich es um keine Minute verpassen will …«

Julia lacht. »Verpassen? Was willst du bei Rom denn verpassen? Das wartet seit über zweieinhalbtausend Jahren auf dich …«

»Ja, eben!«, sagt David. »Jahrtausende hab ich verpasst. Und ich will jetzt keine Sekunde mehr verpassen. Ich will einfach nicht zu spät kommen.«

»Das gefällt mir gar nicht«, sagt Julia und schüttelt den Kopf.

»Was? Dass ich nach Rom will?«

»Nein. Dass du seit ein paar Tagen nur noch so seltsame Orakelsprüche von dir gibst.«

# 9

Während Julia duscht, steht David am Fenster des Hotelzimmers, hält die steife Gardine zur Seite und schaut hinab auf das römische Nachmittagstreiben. Dieses umwerfende Licht. Rom ist an sich schon aufregend genug. Aber jetzt ... Er fühlt sich, als hätte er zehn Tassen Espresso getrunken – oder als hätte er mit der berüchtigten Drogen-Lea gekifft. Obwohl er noch nie in seinem Leben gekifft hat und gar nicht weiß, wie das ist, fühlt er sich bekifft von diesem Licht. Denn irgendwo da draußen ist Zoe ... seine Tochter ...

Man kann von hier aus den Erzengel auf der Spitze der *Engelsburg* sehen. Gut so. Das war David wichtig. Im Zentrum zu sein. Wenn es irgendeine noch so kleine Chance gibt, Zoe zu finden, dann nur an den touristischen Hotspots. An Orten, die jeder besucht, wenn er nach Rom kommt. Okay, vielleicht interessieren sich Zoe und ihre Freundinnen auch für gar nichts anderes als Shopping und Clubs, die ihm verschlossen sind wie Tempel des Mithras-Kultes. Dann hat er verloren. Aber er hofft einfach, dass die Mädchen sich die Highlights nicht entgehen lassen wollen – und sei es nur, um Selfies vor dem *Kolosseum* oder am *Petersdom* zu schießen. Immerhin ist Zoe offensichtlich eine hochtalentierte Geigerin. Ob sie daraus nun etwas machen will oder nicht. Kultur wird sie nicht völlig kalt lassen.

Trotz allem ist die Wahrscheinlichkeit, Zoe im zur Pfingstzeit von Touristen und Pilgern wimmelnden Rom zu finden, gleich null. Sogar wenn sie zur selben Zeit am selben Ort ist wie er, wird sie bestenfalls in den Massen an ihm vorüberstreifen, ohne dass er sie bemerkt. Aber genau deshalb ist er hierhergekommen. Genau das ist sein Plan. Augsburg ist tabu für ihn. In Augsburg verbietet ihm die Vernunft und sein Gewissen jede Suche. Doch wenn er Zoe hier in Rom gegen alle Stochastik tatsächlich trifft, dann ist das nicht sein Werk und nicht seine Schuld – dann ist das einfach Fügung. Höhere Gewalt. Dann soll es so sein. Wenn sein Gewissen ihm hier einen Vorwurf macht, so kann er ihm jederzeit entgegnen: Ich habe sowieso keine Chance!

Rom kann ihm niemand verbieten. Weder sein Gewissen noch sonst wer. Und selbst die eifrigste Suche kann ihm niemand verbieten, weil es absolut aussichtslos ist, in dieser Millionenstadt ein unauffälliges Schulmädchen zu finden.

Warum ist er dann überhaupt hier? Weil er eines zumindest weiß: dass Zoe auch hier ist – und weil seine einzige Möglichkeit, ihr nahe zu sein, darin besteht, dass er mit pochendem Herzen jeden Platz und jede Kirche betritt, da es die minimale Chance gibt, dass er Zoe hier begegnet. Selbst wenn er sie nicht trifft, ist er ihr auf diese Weise geistig so nahe, wie er nur sein kann. Jeden Augenblick könnte sie unbemerkt an ihm vorüberstreifen. Allein dieses Wissen genügt. Ganz Rom ist verzaubert von dieser Möglichkeit. Vom möglichen Erscheinen seiner Tochter Zoe.

Doch was Rom in noch höherem Maße zu einem magischen Ort für ihn macht, ist die Tatsache, dass Zoe hier allein unterwegs ist. Ohne Carla und ohne einen möglichen Ziehvater. Wenn David ihr hier begegnet, dann trifft er sie unbewacht. Dann steht nichts mehr zwischen ihm und seiner Tochter. Dann hat er Zoe ganz für sich. Und so bedenklich sich das alles anhören mag – das ist der tiefste Grund, warum Rom für ihn die große Verheißung bedeutet.

Aber was weiß er denn überhaupt über Zoe? Nichts! Absolut nichts! Nur das eine: Würde sie jetzt dort drüben mit Strumpfmaske, Revolver und Geldsack aus der Filiale der *Banca d'Italia* stürzen, würde er den Fluchtwagen steuern mit quietschenden Reifen …

Klingt all das nach Wahnsinn? Ja! Aber es gibt kein Zurück …

\* \* \*

Zwei Stunden später. David hat Julia vom Hotel aus in einer abenteuerlich wirren Zickzack-Tour erst zum Eingang der *Vatikanischen Museen*, dann kreuz und quer über Nebenstraßen zur

*Engelsburg* und von dort die *Via della Conciliazione* zweimal auf und ab geführt. Julia, die heute zum weißen Sommerkleid Sandalen mit etwas höheren Absätzen trägt, hatte die ganze Zeit Mühe, ihm bei seiner besessenen Suche zu folgen. Immer wieder rief sie genervt: »David! Jetzt warte doch!« und »Was suchst du denn?«

»Gleich, Julia! Wir sind gleich da!«, antwortete er ein ums andere Mal, während er fieberhaft in den Touristenströmen nach Zoe herumspähte.

Nun, da sie auf dem *Petersplatz* angelangt sind, ist David von den Menschenmassen, die im Abendlicht für den Eintritt in *San Pietro* anstehen, in höchste Aufregung versetzt. Als wimmelte in seinem Kopf ein Bienenschwarm. Gegen alle Vernunft scheint es ihm plötzlich eine ausgemachte Sache, dass Zoe sich hier irgendwo in der Menge befinden muss. Obwohl er seine Ungeduld bezwingen will, um nicht aufzufallen, kann er nicht anders: Er eilt kopfscheu an der quer über den Platz sich erstreckenden Schlange vorbei und überfliegt mit seinem Blick alle Gesichter, um das *eine* darunter zu entdecken.

Julia rennt atemlos neben ihm her, doch plötzlich bleibt sie mit ihrem linken Sandalenabsatz in einem Pflasterspalt stecken – und jetzt reicht es ihr.

»Verdammt nochmal! Was soll denn das, David?«, ruft sie nun ernsthaft böse und hält ihn an der Hand fest. »Wo willst du überhaupt hin? Entweder wir stellen uns jetzt ganz da hinten an, wo die Schlange endet, und schauen, ob wir uns noch in den *Petersdom* zwängen können – wozu ich wirklich keine Lust habe – oder wir spazieren in aller Ruhe über den Platz! Aber dieses planlose Herumgerenne macht doch keinen Sinn!«

»Ja, aber –«, beginnt David und stockt dann. Denn er weiß kein vernünftiges Argument.

»Was?«, fragt Julia und schaut ihn wütend an.

»Nichts«, sagt er. »Du hast recht ...«

Julia schüttelt den Kopf und streicht sich über die medusenartig wehenden Locken. »Also ich weiß echt nicht, was mit dir los ist ... Willst du mir mit dieser Romtour mitteilen, dass du genug von mir hast? Ist das der wahre Zweck dieser Reise?«

David atmet tief durch. Er begreift: So geht es nicht. Wenn er keine Beziehungskrise provozieren will, muss er sein Verhalten grundlegend ändern. Und plötzlich denkt er: Wer weiß – vielleicht finde ich Zoe sogar eher, wenn ich sie nicht krampfhaft suche, sondern wenn ich mich einfach treiben lasse. Vielleicht führt mich der Zufall von selbst an den richtigen Ort.

Er schaut Julia an und streichelt ihren nackten Oberarm mit den Sommersprossen: »Entschuldige bitte! Du hast absolut recht! Es tut mir sehr leid! Verstehst du – ich bin von der Arbeit noch so durch den Wind. Die Man-Ray-Biografie gibt mir den Rest. Das ist Knochenarbeit. Ich muss mich erst von der Hektik der letzten Tage befreien und meinen Rhythmus finden.«

Dann lächelt er sie aufmunternd an: »Willst du etwas essen? Bist du hungrig?«

Sie zieht ihm eine Grimasse, lächelt dann aber und sagt: »Super Idee! Ich hab einen Bärenhunger! – Und by the way: Könntest du bitte aufhören, jedem jungen Mädchen hinterherzustarren! Hier spielt die Musik!«

# 10

Es ist Abend. Die Hitze ist noch immer mächtig, obwohl der Himmel sich mehr und mehr in düsteren Blau- und Violetttönen bewölkt. Julia und David sind dabei, sich an einen Tisch vor einem schönen Restaurant nicht weit vom *Petersdom* zu setzen. Es ist gar nicht so leicht gewesen, den Platz zu ergattern. Julia hat in einem günstigen Augenblick dem Kellner zugezwinkert und blitzschnell den Stuhl einer sich gerade erhebenden Frau durch Handauflegung zu ihrem Besitz erklärt. Während sie sich an dem Tisch niederlassen, der so nahe am Nebentisch steht, dass es quasi ein Vierertisch ist, bemerkt David, dass der Mann des – ebenfalls deutschen – Nachbarpaares Julia einen intensiven Blick zuwirft.

Jetzt aber schauen Julia und David nur einander an und sie flüstert ihm triumphierend zu: »Erobert!«

»Danke, mein Komet!«, sagt David halblaut und streicht ihr mit zwei Fingern über die Schläfe.

»Bitte! Weißt du überhaupt, was du an mir hast?«

»Weiß ich absolut!«

»Hoffen wir's.«

Damit greift sie zu einer der segelgroßen, verheißungsvollen Speisekarten, die der Ober ihnen gebracht hat, und studiert hingebungsvoll die Liste der Gerichte.

Doch sie haben die *Trofie Cacio e Pepe*, die sie ausgesucht hat, und den Chardonnay noch nicht bestellt, da kracht plötzlich ein Donnerschlag – und im nächsten Moment stürzt ein Wolkenbruch herab, der Julia und David zwingt, sich weiter unter die Markise und damit an das benachbarte Paar zu drängen.

»Verzeihung!«, ruft Julia lachend, als ihr Stuhl gegen den ihrer Nachbarin rumpelt.

»Aber bitte!«, erwidert die Frau und zeigt zum Himmel. »Auf diese Erfrischung warte ich seit heute Morgen.«

»Ich erst seit drei Stunden«, sagt Julia.

In erzwungener Gemeinschaft blicken sie aus der halbwegs sicheren Deckung in die Wasserspiele des Platzregens hinaus, nur ab und zu von hellen Spritzern getroffen.

»Ach, seid ihr heute erst angekommen«, sagt der Mann, der Julia vorhin so angestarrt hat, vertraulich.

O Gott, denkt David. Daraus wird doch jetzt hoffentlich keine Abendunterhaltung! Er ist mit seinen Gedanken so weit von jedem Allerweltsgespräch entfernt, dass ihm diese Aussicht absolut unerträglich scheint. Und erst recht mit diesem Typen! Wie gemütlich wäre es, jetzt mit Julia allein hier zu sitzen und dem Regen zu lauschen! So blickt er reserviert zur Seite.

Doch der Mann lässt nicht locker: »Marc!«, sagt er und streckt erst Julia, dann David die Hand hin. »Und das ist Carina!«, fügt er hinzu, als könnte sie selbst nicht sprechen, und sie nickt nur dazu.

Die beiden sind um die vierzig – wie Julia und David. Marc ist fast kahlköpfig, mit kurzrasierten schwarzen Stoppeln an Schläfen und Nacken, schlank und sportlich gebräunt. Er trägt eine sündhaft teure Brille und ein schwarzes Lacoste-Polo. Carina dagegen ist ziemlich üppig gebaut, hat schulterlanges, dunkelbraunes Haar und ihr lose wallendes Sommerkleid ist tiefblau mit hellem Wellenmuster. Irgendwie indisch. Oder anthroposophisch?

Nachdem Julia und David sich auch vorgestellt haben, kommt der Chardonnay für die beiden und man prostet sich zu viert zu, wobei Carina und Marc Gläser mit Rotwein erheben.

Die arme Zoe, denkt David. Ob sie jetzt klatschnass durch diesen Platzregen läuft? Oder konnte sie in irgendeiner der unzähligen Kirchen Unterschlupf finden? Oder in einem Café? Oder tanzt sie gerade mit ihren Freundinnen in einem Club?

»Julia!«, ruft Marc und deutet auf sie. »Du bist Künstlerin! Das wette ich!«

Sie lacht: »Wie man's nimmt! Lehrerin, die in einer Jazz-Band singt!«

»Also Künstlerin! Wie ich gesagt habe! Ich wusste es gleich! Mit deiner Kometen-Frisur!«

»Danke für das schöne Kompliment!« Sie lächelt ihm zu.

David fühlt einen Stich. Er ist entrüstet, dass Marc ihm so dreist seine eigene geheime Julia-Metapher abgelauscht und geraubt hat, und mehr noch, dass Julia mitspielt und dass es ihr gefällt.

»Und du, David?«, fragt Marc und blickt ihn voll und intensiv an. Dieser Blick grenzt an Körperverletzung, denkt David.

»Lektor«, murmelt er und versucht, sich dem Regen zuzuwenden, als wäre dieser sein wahrer Gesprächspartner.

»Lektor? Aber das ist ja perfekt«, ruft Carina und schaut ihren Mann bedeutungsvoll an. »Marc ist nämlich Dichter!«

»Na ja«, sagt Marc und hebt beschwichtigend die Hände. »Im Brotberuf Immobilienmakler. Aber in jeder freien Sekunde schreibe ich leidenschaftlich Haikus.«

Soll das jetzt ein Witz sein, denkt David. Haikus über Immobiliengeschäfte?

Doch im selben Moment hört er Julia sagen: »Ach, darum so poetisch!«

Was ist bloß in sie gefahren? Sie weiß doch, dass Marc den Kometen-Vergleich nur von ihm geklaut hat!

Laut sagt David: »Haikus sind leider nicht mein Gebiet. Für Lyrik bin ich im Verlag nicht zuständig.« Und um der Unterhaltung rasch eine andere Wendung zu geben, blickt er Carina an: »Und du? Bist du auch Maklerin?«

»Ich?«, erwidert Carina mit abwehrender Geste. »Nein, nein. Ich war länger Trainerin für Persönlichkeitsentwicklung und habe auch Paarkurse gegeben.«

»Kann man immer gebrauchen«, sagt Julia und lacht.

War das eine Spitze gegen ihn?

»Jetzt biete ich Tantra-Seminare an«, fährt Carina fort.

»Oh ja! Das macht sie sehr gut«, fügt Marc hinzu und küsst ihre rundliche Hand mit den kurzen, rotlackierten Nägeln.

Tantra! Herrje, denkt David. Das auch noch!

Marc, der mit einem raschen Blick Davids Missstimmung erfasst, wendet sich an Julia: »Und was führt euch gerade nach Rom?«

Julia zuckt mit den Achseln und lacht. »Keine Ahnung! Da müsst ihr David fragen! Seit drei Tagen versuche ich herauszufinden, warum er mich so Hals über Kopf nach Rom entführt!«

Alle schauen David an. Auch wenn Julia natürlich völlig recht hat – er findet es unerhört, dass er sich nun vor diesen Fremden rechtfertigen soll. Wie dieser Marc ihn anstarrt! Unwillig blickt David in sein Weinglas. »Na ja. Ich weiß nicht. Braucht es einen bestimmten Grund, um nach Rom zu kommen? Rom ist doch Grund genug. Oder habt ihr einen anderen Grund, dass ihr hier seid?«

»Tja!«, sagt Marc und nickt bedeutungsvoll. »Du hast schon recht, David! Rom braucht keinen Grund. Wir waren schon unzählige Male hier.«

Carina fügt hinzu: »Ihr müsst wissen: Marc kennt Rom wie seine Westentasche! Er weiß einfach alles! Er ist eigentlich ein Einheimischer!«

»Ja«, sagt Marc. »Im Herzen bin ich Römer.«

Wie lange ertrage ich das noch, denkt David. Wir müssen so rasch wie möglich hier weg.

Doch im selben Atemzug ruft Julia: »Das ist ja großartig! Ich meine, was kann man sich Besseres wünschen als so einen kompetenten Führer?«

»Ja«, erwidert Marc. »Ich gebe es offen zu: Über Rom kann mir kaum jemand etwas Neues sagen. Die meisten Römer wissen weniger über ihre Stadt als ich.«

»Wahnsinn!«, sagt Julia. »Da fühle ich mich richtig klein dagegen!«

David starrt sie an. Was treibt Julia da? Warum schmiert sie diesem Angeber dermaßen Honig ums Maul? Weshalb macht sie sich vor ihm auch noch klein? Die selbstbewusste Julia! Das ist doch sonst absolut nicht ihre Art!

»Aber«, fährt Marc fort, »diesmal suche ich eher Inspiration.«

»Er schreibt an einem römischen Haiku-Band!«, platzt Carina heraus.

»Wirklich?«, ruft Julia. »Aufregend!«

»Trag den beiden dein Haiku von gestern vor!«, sagt Carina.
»Soll ich?«, fragt Marc.
»Wir brennen darauf«, sagt Julia, während David stumm in sein Weinglas starrt.

Marc blickt eine Weile sinnend vor sich hin. Dann schaut er Julia eindringlich in die Augen und deklamiert:

*Zerschmettert knien*
*Jahrtausende vor mir, dem*
*träumenden Cäsar.*

»Fantastisch«, ruft Julia. David kann es einfach nicht fassen. Seit wann fällt Julia auf solchen schwülstigen Größenwahn herein? Und dass der Mann die Stirn hat, so etwas einem Lektor vorzutragen!

»Und bitte auch noch das Haiku mit dem Mädchen«, sagt Carina.

Wiederum nach einer dramatischen Pause hebt Marc die Augen zu Julia:

*Vatikan-Mädchen*
*entschwunden nur, dass meine*
*Verse dich retten.*

»Wunderbar!«, ruft Julia. »Aber wer ist das Vatikan-Mädchen?«
»Ach so?«, sagt Carina. »Ist das für euch kein Begriff? Der Fall Emanuela Orlandi? Das ist eines der größten Rätsel der italienischen Kriminalgeschichte!«
»Stimmt«, sagt Julia. »Den Namen hab ich schon gehört.«
»Ja«, fällt Marc ein. »Das Mädchen wohnte im Vatikan, Tochter eines Kammerdieners, und verschwand vor vierzig Jahren. Sie war damals fünfzehn und kam nach dem Flötenunterricht in der Nähe der *Piazza Navona* einfach nicht mehr heim. Es gab alle möglichen Theorien. Sie soll entführt worden sein, um den Papst-Attentäter freizupressen. Sie soll ermordet worden sein.«
»Ja«, sagt Carina. »Es hieß, die Mafia würde dahinterstecken. Die Grauen Wölfe. Der CIA. Sogar pädophile Netzwerke

im Vatikan. Immer wieder gab es Tipps. Lösegeldforderungen. Jemand wollte sie in Istanbul gesehen haben, sie soll in einem Kloster versteckt sein oder unter der *Engelsburg* begraben liegen. Immer wieder wurde der Fall aufgerollt. Aber alle Spuren verliefen im Sand. Nie wurde eine Leiche gefunden. Vor einiger Zeit grub man Knochen aus, aber sie stammten nicht von ihr.«

Marc lacht: »Ihr haltet uns vielleicht für verrückt. Aber wir haben einige Dokumentationen darüber gesehen. Zuletzt eine Netflix-Serie. Irgendwie lässt uns die Geschichte nicht los. Vor allem Carina nicht.«

»Ich meine«, ruft Carina eifrig, »stellt euch vor! Die Familie sucht noch heute nach ihr. Der Bruder glaubt noch immer, dass sie lebt und irgendwann vor der Tür steht. Das ist doch Wahnsinn.«

Marc lacht: »Carina ist insgeheim fest überzeugt, dass sie nur lange genug hier durch die Straßen laufen muss, um plötzlich vor Emanuela Orlandi zu stehen.«

»Na, und warum nicht?«, ruft Carina. »Alles ist möglich in diesem Fall! Alles ist möglich!«

In diesem Augenblick bringt der Kellner gleichzeitig das Essen für die ganze Gruppe. Damit ist das Thema vorerst beendet und alle beugen sich über ihre Teller. Nur David kann nichts essen. Er ist zutiefst aufgewühlt von der unerwarteten Wendung des Gesprächs. Und Julia hat nicht die leiseste Ahnung, was ihn bewegt.

# 11

Der Regen ist verstummt. Der Kellner hat den Vierertisch gerade abkassiert. David fühlt sich der Erlösung nahe. Munter steckt er seine Kreditkarte in die Brieftasche und erhebt sich, vor Erleichterung unwillkürlich aufseufzend. Er sagt: »Ja, liebe Carina und lieber Marc, es hat uns sehr gefreut, doch leider …«
»Was?«, ruft Marc und starrt ihn an. »Wir wollen doch jetzt nicht so einfach auseinanderlaufen! Ihr kommt doch noch mit uns auf einen Limoncello Spritz auf der *Piazza Navona*?« Mit diesen Worten erhebt er sich ebenfalls und Carina folgt sofort seinem Beispiel.
Bevor David überhaupt den Mund öffnen kann, springt auch Julia von ihrem Stuhl hoch und hakt sich links und rechts bei Marc und Carina ein. »Ja, aber klar! Los geht's!«
David steht verdattert da und sieht der losziehenden Dreierformation fassungslos nach. Da dreht sich ausgerechnet Marc um und streckt ihm übertrieben fidel den Ellenbogen hin: »Na los!«
David ist zu verdutzt, um zu rebellieren. Willenlos hakt er sich ein und marschiert einige Schritte mit der albernen Parade. Doch schon nach wenigen Metern ist ihm Marcs physische Nähe und der Geruch seines Rasierwassers so unerträglich, dass er sich einfach losmacht und den Rest des Weges als Spielverderber neben der Gruppe hertrottet. Anfangs wirft Julia ihm noch tadelnde Blicke zu, dann ignoriert sie ihn und drängt sich umso enger an Marc.

*   *   *

Sie sitzen zu viert vor der Bar *Tre Scalini* an der *Piazza Navona*, trinken Limoncello Spritz und schauen auf den Platz mit den drei erleuchteten Brunnen und dem in den Nachthimmel ragenden

Obelisken. Während Marc und Julia eifrig plaudernd die Köpfe zusammenstecken und Carina ab und zu kleine Einwürfe versucht, hat David sich völlig aus der Unterhaltung verabschiedet. Sein Blick scannt rastlos die im Halbdunkel vorüberströmenden Gesichter. Bei jeder Gruppe von Schülerinnen erhebt er sich nervös und reckt den Hals, um nichts zu verpassen. Sein Verhalten wäre hochgradig auffällig, wenn ihn jemand beachten würde. Aber die anderen sind viel zu sehr miteinander beschäftigt.

David muss immer an die Geschichte von vorhin denken, wie Emanuela Orlandi nach der Flötenstunde einfach so spurlos verschwand. Es war wie ein Warnruf für ihn. Denn er kann nicht anders: Er sieht Emanuela nun mit dem Gesicht von Zoe über diesen Platz spazieren, während überall schon unsichtbare Hände darauf lauern, sie ins Nichts zu zerren. Auf einen Schlag ist ihm klargeworden, was seine Aufgabe hier in Rom ist. Er muss seine Tochter finden – aber nicht in erster Linie, um sie anzusprechen oder ihr irgendetwas zu eröffnen oder zu erklären, wozu er vielleicht gar kein Recht hat. Vor allem anderen geht es darum, Zoe zu beschützen. Unbewusst hat er das schon die ganze Zeit gespürt, aber erst jetzt ist es ihm bewusst geworden. Ja, der Name *Zoe* bedeutet: das Leben. Aber Leben ist ständig von Gefahren bedroht. Irgendwo hat David einmal den Satz gelesen: *Wer ein Kind hat, hat dem Schicksal eine Geisel gegeben.* Damals kam ihm der Satz überspannt vor – aber jetzt begreift er ihn voll und ganz. Zoe ist die Geisel, die das Schicksal von ihm hat. Um ihretwegen empfindet er plötzlich Ängste, die er nie zuvor kannte. Für sich selbst hat er die Drohungen des Schicksals immer mehr oder weniger ignoriert. Aber das geht jetzt nicht mehr. Denn Zoe ist dessen Geisel.

Warum nimmt David das so dramatisch? Alle Eltern sind in dieser Situation. Ja, natürlich. Das ist ihm klar. Doch es gibt einen wesentlichen Unterschied: Andere Eltern haben Zeit, sich an diese Situation nach und nach zu gewöhnen. Langsam hineinzuwachsen. Dem Kind Schritt für Schritt das Laufen beizubringen und es unter Stolpern, Blut und Tränen zu lehren, vor welchen Gefahren es sich hüten muss. Und gleichzeitig reifen die Eltern dadurch selbst und lernen, mit der Verletzlichkeit und Sterblichkeit des kleinen Wesens umzugehen, das ihnen anvertraut ist. David konnte das nicht, er ist von einer Sekunde zur anderen in diese Situation geraten. Wie soll er auf einen Schlag diesen Lernprozess und dazu all das Beschützen nachholen, das er Zoe fast achtzehn Jahre nicht schenken konnte? Er weiß es nicht. Doch wie auch immer: Zoe kann hier jeden Augenblick auftauchen und wieder verschwinden – wie Emanuela Orlandi. Und er darf den Augenblick nicht verpassen. Er muss sie finden und behüten. Auch wenn er nicht die leiseste Ahnung hat, wie und vor welcher Gefahr er sie retten soll. Trotzdem ist es seine Pflicht. Das hat er nun begriffen.

»Na«, sagt Carina so abrupt, dass er erschrickt. »Hab ich dich angesteckt?«

»Was?«, fragt er verwirrt.

»So wie du herumspähst. Suchst du auch das Mädchen aus dem Vatikan?«

David weiß vor Verblüffung nicht, was er antworten soll. Er will sich nicht verraten. Darum sagt er nach kurzem Zögern einfach: »Ja.«

Carina lächelt: »Ich schwör's dir! Sie läuft hier irgendwo rum!«

In dem Moment stößt ihn Julia mit dem Ellenbogen an: »Hast du gehört, David? Marc und Carina nehmen uns morgen im Auto mit nach Ostia.«

»Ostia?«, ruft David entsetzt. »Aber das geht nicht ...« Ein Ausflug, mit den beiden eingesperrt in einer Blechbüchse, wäre nicht nur grauenhaft, er sabotierte auch all seine Zoe-Pläne ...

»Und weshalb bitte nicht?«, kommt die erwartbare Antwort.

»Weil ... du weißt doch ... Wir haben schon etwas vor ...«

»Nämlich?«

»Du weißt schon ... Was wir immer am ersten Romtag machen ...«

»Du sprichst in Rätseln.«

»Na ...« Er macht eine Handbewegung und stockt. Alle blicken ihn an. Einige Sekunden starrt er hilflos, doch plötzlich durchzuckt ihn ein Gedanke: »Die *Kapitolinischen Museen* ... Da ist man am Ursprung.«

»Das haben wir nie gemacht«, sagt Julia.

»Doch! Immer! Erinnerst du dich nicht?«

Julia öffnet gerade den Mund zu einer Antwort, da nimmt er ihre Hand, schaut sie eindringlich an und sagt halblaut: »Bitte, Julia! Es bedeutet mir sehr viel.«

Sie schnauft. Dann zuckt sie mit den Achseln und wendet sich wieder zu Marc.

Gerettet! David atmet auf. Er muss nicht nach Ostia. Danke, Carla, für die Ausrede! Einen Haken allerdings hat dieser Geistesblitz: David braucht nun eine gute Erklärung, warum er mit Julia morgen doch nichts aufs Kapitol will. Das Kapitol kommt nicht in Frage – das ist der einzige Ort, den Zoe garantiert nicht besucht. Sie hat es selbst geschworen. Aber da wird ihm schon ein Vorwand einfallen. Vielleicht haben die *Kapitolinischen Museen* ja über die Pfingsttage geschlossen? Oder sie werden renoviert? Hauptsache, Marc und Ostia sind vom Tisch!

\* \* \*

Als die Paare sich dann endlich, endlich doch voneinander verabschieden, sieht David, dass Julia Marc sehr eng umarmt und seine Wange streichelt. Der Anblick bereitet ihm physischen Widerwillen. Doch er unterdrückt seinen Ärger und lässt sich nichts anmerken.

Danach laufen David und Julia zu zweit durch die trotz der späten Stunde noch immer stark bevölkerten Straßen und Gassen zum Hotel zurück. Vom Regen ist nur eine feuchte Schwüle geblieben, die das Kopfsteinpflaster und das alte Gemäuer der Häuser ausdünsten.

»Warum hast du dich so abseits gehalten?«, fragt Julia.

»Ich weiß nicht«, sagt David. »Ich kann mit den beiden nicht so viel anfangen.«

»Das hat man gemerkt. Aber warum? Sie sind sehr interessant.«

»Interessant?« Er blickt Julia entgeistert an.

»Ja.«

David schüttelt den Kopf. »Sie geht ja noch. Aber Marc …«

»Bist du eifersüchtig?«

»Eifersüchtig?« Er lacht. »Nein. Auf Marc nun wirklich nicht …«

Julia schaut ihn an: »Weißt du, wie arrogant du bist?«
David ist perplex über diese Antwort. Er versteht nicht, was in Julia vorgeht. Sie ist heute in einer merkwürdigen Stimmung. Deshalb versucht er, besser abzuwiegeln.
»Es war nicht arrogant gemeint. Ich weiß nur nicht, was du an ihm finden kannst.«
»Er ist sehr warmherzig und geistreich und er schaut sich die Menschen sehr intensiv an.«
David lacht. »Kann man sagen. Ich finde diesen Blick …« Er schüttelt wieder den Kopf.
»Warum bist du so abwehrend?«
Julia sucht die Konfrontation. Er spürt es. Doch er begreift einfach nicht, weshalb. Darum weicht er auch diesmal aus: »Ich bin einfach lieber mit dir allein.« Er greift versöhnlich nach ihrem Arm, doch sie zieht ihn zurück.
»Ja«, sagt sie in einem Ton, als wäre er soeben in eine juristische Falle getappt, »aber wenn ich dann mit dir zusammen bin, schaust du die ganze Zeit nur in der Gegend herum, als ob dich alles andere und vor allem jede andere Frau mehr interessiert als ich.«
»Nein, so ist es nicht«, versucht er so mild und sanft wie möglich zu widersprechen.
»Doch, so ist es«, entgegnet sie scharf. »Erst schleifst du mich Knall auf Fall nach Rom und dann ignorierst du mich völlig. Dafür verrenkst du dir den Hals nach jedem jungen Mädchen, dass es schon peinlich ist. Je jünger, desto besser. Bevorzugt Minderjährige. Glaubst du, das merk ich nicht? Und erzähl mir jetzt nicht, dass du Emanuela Orlandi suchst …«
David schweigt betroffen. Ja, sie hat recht. Sie sagt bloß die Wahrheit, auch wenn sie sie völlig falsch interpretiert. Was kann er nur tun? Einen Augenblick überlegt er, ob er Julia nun einfach alles sagen soll. Aber wird es das besser machen, wenn er ihr eröffnet, dass er eine Tochter hat? Dass er verzweifelt nach Zoe sucht? Wird sie das verstehen? Oder macht das dann alles nur noch schlimmer? Ein Kind, das nicht von ihr ist – wird das nicht einen Keil zwischen sie beide treiben und sie für immer trennen?
Kein Zweifel: Ein Geständnis wäre in dieser Situation eine

hochgefährliche Sache. Die Folgen unkalkulierbar. Soll er das riskieren?

Bevor er zu einem Schluss gekommen ist, sagt Julia: »Auf jeden Fall sind wir morgen Vormittag mit Carina und Marc verabredet. Wir schauen gemeinsam die *Kapitolinischen Museen* an.«

David bleibt abrupt stehen. »Was? Wieso? Marc und Carina wollten doch nach Ostia!«

»Ja, aber sie haben extra für uns ihre Pläne geändert. Stell dir vor. Das wolltest du doch …«

Was für ein Desaster, denkt David. Jetzt verbringe ich den Samstag mit Marc und Carina am einzigen Ort in Rom, wo Zoe nicht sein wird! Und ich Idiot habe das auch noch vorgeschlagen!

Zögernd beginnt er: »Mir ist gerade eingefallen … die Museen haben wahrscheinlich über die Pfingsttage geschlossen …«

»Was ist das jetzt schon wieder für eine Ausrede?«, fragt Julia indigniert. »Ist dir ein gemeinsamer Ausflug zu blöd? Wenn er dir zu blöd ist, musst du nicht mitkommen. Dann geh ich eben mit den beiden allein.«

Für Sekunden erwägt David tatsächlich diese Möglichkeit. Verführerischer Gedanke, morgen ganz allein in Rom nach Zoe zu suchen. Aber in der gegenwärtigen Beziehungskrise mit Julia leider absolut ausgeschlossen.

»Nein, nein«, sagt er rasch und bemüht sich um Fassung. »Wenn du meinst, dass die Museen geöffnet sind, komme ich natürlich mit. Ich bin auch wirklich nicht eifersüchtig auf Marc …«

»Sei nicht so selbstsicher!«, sagt Julia und schaut ihn an. »Vielleicht hast du diesmal allen Grund, eifersüchtig zu sein …«

Mit diesem Satz wendet sie sich ab und schreitet ihm durch die dunkle Gasse voran.

# 12

Als sie im Hotelzimmer angekommen sind und er das Licht angeschaltet hat, wirft Julia nur rasch ihre Schuhe und ihre Umhängetasche weg, verschwindet sofort im Bad und schließt hinter sich zu. David hört, wie sie das Wasser andreht zu einer ihrer Ewigkeitsduschen. Er geht unruhig im Zimmer auf und ab.

Dieser eine Satz von Julia hat ihn tief schockiert, das gesteht er sich offen ein. *Vielleicht hast du diesmal allen Grund, eifersüchtig zu sein.* War das ihr Ernst? War Rom ein Riesenfehler? Was hat er bisher erreicht, außer dass er seine Beziehung zu Julia in eine Krise manövriert hat?

Wer weiß – vielleicht ist Zoe am Ende nicht einmal hier? Vielleicht wurde die umstrittene Fahrt zuletzt doch noch abgesagt – und Zoe spaziert unterdessen durch Augsburg oder München oder liegt an irgendeinem Ferienstrand? Jagt er nur einem Phantom hinterher?

Diese Sache mit Marc: Wie ernst muss er das nehmen? Will Julia ihn nur eifersüchtig machen, um seine Aufmerksamkeit zu erzwingen? Oder hat sie sich wirklich in diesen aufgeblasenen Esel verliebt? Aber wie könnte das sein? Selbst wenn sie ihm untreu werden wollte: Julia hätte doch viel bessere Chancen! Allein Jan, mit dem sie eben noch im Theater war: Jünger als Marc, weit besser aussehend, ein charismatischer Lehrer ... Und nun dieser kahlköpfige Immobilienexperte mit Drang zu Höherem? Nein, es muss ein Manöver sein, um ihn eifersüchtig zu machen ...

Während David umherblickt, fällt ihm plötzlich ein heller Fleck in Julias beim Hinwerfen aufgeklappter Umhängetasche auf. Obwohl er sonst nie an ihre Sachen geht, tritt er jetzt instinktiv näher heran und bückt sich hinunter. Nach kurzem Zögern zieht er das Ding heraus. Es ist eine zusammengefaltete

Papierserviette aus dem *Tre Scalini*. David schlägt sie auf und liest in genialischer Kugelschreiber-Handschrift:

*In brünstiger Kammer*
*erwart ich dich sehnsuchtsschwer*
*mein süßer Komet.*

David ist so verstört von der Entdeckung, dass er die Serviette zunächst einfach in den Mülleimer wirft. Wie kann dieser Kerl es wagen, am selben Tisch mit ihm und seiner eigenen Frau zu sitzen und dabei dieses schwülstige Haiku an Julia zu schreiben? Und wie kann er die Frechheit besitzen, dafür noch als einzigen Lichtpunkt in diesem Machwerk Davids geraubten Kosenamen zu missbrauchen? *Mein süßer Komet!* Ist der Typ völlig übergeschnappt?

Aber was David noch viel mehr empört als Marcs Dreistigkeit, ist die Tatsache, dass Julia diese Serviette wirklich eingesteckt und mitgenommen hat – und das, obwohl sie ja am allerbesten weiß von dem intimen Plagiat. Wie kann sie das tun? Er begreift einfach nicht mehr, was in Julia vorgeht.

Aber während er fassungslos am Fenster steht und auf den nächtlichen Verkehr hinabstarrt, kommt ihm ein anderer Gedanke. Vielleicht tut er Julia ja bitter Unrecht. Wer sagt denn, dass Julia von diesem Fetzen überhaupt weiß? Marc kann ihn ihr in seinem überschäumenden Selbstbewusstsein einfach heimlich in die Tasche gesteckt haben, ohne dass sie ihn bisher überhaupt bemerkt hat. Ja, so muss es sein. Das ist die einzige logische Erklärung. Julia ist nicht verrückt. Wenn sie die Serviette findet, wird sie davon ebenso schockiert sein wie er.

Gerade verstummt im Bad das Rauschen des Wassers. David geht rasch zum Mülleimer, holt die Serviette heraus, faltet sie hastig wieder zusammen und steckt sie in Julias Tasche – genauso, wie er sie gefunden hat. Das wird ihr die Augen öffnen.

Im selben Moment, als er wieder zurücktritt ans Fenster, kommt Julia frisch und duftend aus dem Bad. Sie setzt sich wortlos aufs Bett, stellt noch den Wecker und legt sich dann hin. David löscht das Licht für sie und sagt: »Gute Nacht!«

Als keine Antwort kommt, ist er unsicher, ob sie ihn nicht gehört hat oder nicht hören wollte. Jedenfalls geht er nun selbst ins Bad und nimmt eine Dusche.

Danach kommt er ins dunkle Zimmer zurück und kriecht unter seine Decke. Sobald er ruhig daliegt, vernimmt er Julias Stimme: »Gute Nacht!« Darauf beugt sie sich zu ihm herüber, küsst ihn und legt sich endgültig schlafen.

## 13

ROT! David schießt im Bett hoch, starrt in die Finsternis und sein Herz rast. Mein Gott! Zoes Haare sind rot! Wie konnte er das Offensichtlichste übersehen? Carla ist brünett. Er selbst dunkelblond. Woher kommt das Rot? Er weiß von niemandem in seiner Familie, der rothaarig war. Wenn Zoe rote Haare hat, wie kann sie dann seine Tochter sein!

Sein Entsetzen ist so groß, dass er all seine Kraft zusammennehmen muss, um Julia, die neben ihm im Tiefschlaf liegt, nicht zu wecken. So sinnlos das wäre, da sie ohnehin von nichts weiß und die Letzte wäre, die ihm jetzt helfen könnte.

Ganz ruhig, sagt er sich. Vielleicht gibt es ja Rothaarige in Carlas Familie. Vielleicht genügt das als Erklärung. Zoe hat ja auch keinen flammendroten Schopf. Kein grellrotes oder tief dunkelrotes Haar. Eher rotblondes. Also ein Mix aus Carlas rothaarigen Genen und meinen blonden? Wäre das genetisch möglich? Keine Ahnung. Ich muss nachforschen.

Mit äußerster Selbstbeherrschung wühlt er sich aus seiner Decke, steigt aus dem Bett und schleicht auf Zehenspitzen zu dem kleinen Hotelschreibtisch, auf dem er seine Sachen ausgebreitet hat. Ohne Licht zu machen, schnappt er sich nur seinen Laptop, stiehlt sich damit so lautlos wie möglich ins Badezimmer und sperrt sich dort ein. Er setzt sich auf den Klodeckel und fährt den Computer hoch, wobei er vor Ungeduld das Gerät fast fallen lässt. Mit fliegenden Fingern tippt er sein Passwort. Sieht wie der Balken unten sich endlos langsam weiß färbt, wie dann der blaue Hintergrund in Zeitlupe auftaucht und die Ordner erscheinen und kurz darauf die Schneelandschaft. Es dauert eine Ewigkeit, bis das MacBook das Hotel-WiFi gefunden hat. David wird fast verrückt darüber. Verdammt, wie heißt das WiFi-Passwort? Wo ist der Zettel, den man ihm an der Rezeption gegeben hat? Aber da ist er schon verbunden. Das Passwort war wohl vom letzten Hotelbesuch hier noch gespeichert.

Aufatmend öffnet er mit fahrigem Klick *Safari* und tippt zittrig in die Suchleiste: »rote haare wie vererbt«. Die Kurzinfo in Großdruck erscheint: »*Rotes Haar ist ein rezessives Merkmal* ...« David fühlt einen so heftigen Adrenalinstoß, dass er zunächst nicht weiterlesen kann.

Ganz ruhig. Ganz ruhig. Keine Panik. Rezessiv. Na schön. Das bedeutet, dass beide Partner die Anlage in sich tragen müssen. Ein rothaariger Opa von Carla genügt nicht. Schlechte Nachricht. Aber das besagt noch nichts. Vererbung ist kompliziert. Du brauchst mehr Information. Er tippt »mendelsche gesetze« und löscht es sofort wieder. Ach was! Nicht so abstrakt. Er tippt »kind rote haare eltern nicht«. Panisch überfliegt er die Suchergebnisse. Gleich das zweite: »*Können zwei Nicht-Rothaarige ein rothaariges Kind haben? – Ja, natürlich. Sie müssen nur beide eine Mutation für rotes Haar tragen und jede Kopie dieses rezessiven Merkmals an ihren Sohn oder ihre Tochter* ...«

David atmet tief durch. Das hilft ihm nicht weiter. Das weiß er bereits: Irgendwelche rothaarigen Vorfahren von beiden Seiten sind nötig ... aber in *welchem* Verwandtschaftsgrad? Davon hängt alles ab ...

Rasch überfliegt er die Suchergebnisse. Hier, gleich darunter, ein FOCUS-Artikel: » *... Wissenschaft weiß noch immer nicht genau, wie Haarfarbe vererbt wird ... nur Vermutungen und Wahrscheinlichkeiten ... auch bei blonden Eltern und Großeltern und näheren Verwandten ... im Prinzip möglich ... eventuell auch rotes Haar* ...«

Okay. Okay, sagt sich David. Beruhige dich! Entwarnung! Alles gut! Die Mendelschen Gesetze rauben mir nicht meine Tochter. Die Wissenschaft weiß gar nichts. Wenn nur im Stammbaum beider Elternteile irgendwo ein rothaariger Vorfahre herumspukt, ist alles möglich. Und wer weiß schon so genau Bescheid, ob unter seinen weit entfernten Ahnen nicht doch ein Rothaariger war? Alles ist drin. Alles. Selbst wenn die Wahrscheinlichkeit noch so gering sein mag. Ein Zufall wäre es – ja. Aber wer ist in Zufällen so gut wie meine rothaarige Überraschungstochter Zoe? Alles ist möglich. Und das genügt mir.

Zoe ist meine Tochter. Ich weiß es einfach. Ich weiß es.

David spürt, wie sein Herzschlag sich allmählich normalisiert. Er klappt den Laptop nun endgültig zu und erhebt sich. In dem Moment klopft es an die Badtür, dass er zusammenfährt.

»David! Was ist denn? Ist dir nicht gut?«

»Doch, doch, Julia! Alles okay!«

»Na schön. Ich habe nur Angst bekommen, weil du so lange da drin bist.«

»Nein, keine Sorge. Alles gut.«

»Wirklich?«

»Ja.«

»Okay.«

Er hört, wie sich das leise Klatschen ihrer nackten Füße auf dem Parkett entfernt und ihre Bettdecke raschelt.

Ja, alles gut, denkt David. Alles ist wieder gut!

Er schließt die Badtür auf, trägt das MacBook hinter seinem Rücken versteckt zu dem kleinen Schreibtisch, legt es klammheimlich dort ab, damit Julia nichts bemerkt, und schlüpft rasch wieder ins Bett. Der Wecker zeigt 3.56 Uhr. David atmet tief durch und zieht die Decke über sich.

Er schließt gerade die Augen, da muss er plötzlich denken: Und was wäre, wenn die Genetik mich widerlegt hätte? Wenn die Mendelschen Gesetze mir klar bewiesen hätten, dass Zoe nicht meine Tochter sein kann? Dann hätte ich keinerlei Recht, hier in Rom zu bleiben. Dann wäre ich einfach ein Stalker, der ein minderjähriges Mädchen verfolgt. Dann dürfte ich Zoe nie mehr sehen. Aber hätte ich das geschafft, Zoe einfach aufzugeben und nach Hause zu fliegen? Und was sagt das über meinen Geisteszustand, dass ich mir diese Frage überhaupt stellen muss? Bin ich verrückt? Ich wusste bis vor einer Woche nichts von Zoes Existenz und ich habe noch kein Wort mit ihr gewechselt – wie kann es sein, dass ihr Verlust jetzt die schlimmste Katastrophe für mich wäre? Doch andererseits: Welche Mutter oder welcher Vater, denen man ein Neugeborenes in den Arm gelegt hat, wären nicht entsetzt, wenn man ihnen ihr Kind nach ein paar Tagen wieder entreißen wollte – selbst wenn es gar nicht ihr eigenes, sondern nur ein vertauschtes Kind wäre? Mir hat der Zufall genauso Zoe als Tochter in den Arm gelegt. Es ist ganz natürlich, dass ich sie um keinen Preis wieder verlieren will.

Aber alles ist gut. Die Katastrophe ist nicht eingetreten. Die Wissenschaft hat mir Zoe nicht entrissen. Prinzipiell ist alles möglich, steht im Artikel. FOCUS muss es ja wissen. Mehr brauche ich nicht. Die Bedrohung ist abgewehrt. Alles ist wieder gut. Zoe ist meine Tochter. Ich weiß es.

Hellwach liegt er auf dem Rücken und blickt in die Dunkelheit.

# 14

Im Frühstückssaal sitzt Julia David gegenüber und lächelt ihm über ihre Kaffeetasse zu, als wäre gestern zwischen ihnen nichts geschehen. Und tatsächlich fragt er sich jetzt im nüchternen Morgenlicht, ob überhaupt etwas geschehen ist. Verglichen mit seiner nächtlichen Angstattacke wegen Zoes rotem Haar scheint ihm der Streit mit Julia und die Zettel-Affäre geradezu läppisch. Die Tatsache, dass ihm die Mendelschen Gesetze seine Tochter Zoe nicht entreißen konnten, hat ihn in solche Hochstimmung versetzt, dass ihm alles andere dagegen klein und banal vorkommt.

Er weiß selbst, dass er derzeit nicht ganz bei sich ist und alles übersteigert sieht. Der alberne Fetzen mit dem grausigen Haiku. Na und? Selbst wenn Julia vor lauter Ferienlangweile oder um ihn zu ärgern oder aus einer absurden Laune heraus mit Marc flirtet: Was soll daraus schon entstehen? Sie wird sehr rasch selbst bemerken, was für ein Esel er ist. Und sie weiß es im Grunde wahrscheinlich schon jetzt. Oder wird es spätestens wissen, sobald sie sein lächerliches Servietten-Gedicht gefunden hat. Sie fühlt sich von David vernachlässigt und will ihn nur provozieren. Und sie hat recht. Auch wenn er in Rom ist, um seine Tochter zu suchen – er darf über der Suche nach Zoe nicht Julia verlieren. Sie ist sein Komet. Alles, was er tun muss, ist, sich ihr wieder zuwenden. Noch ist es nicht zu spät.

So beugt er sich vor und sagt in zärtlichem Ton: »Ich freu mich schon auf die *Kapitolinischen Museen*!«

Sie lächelt ihn ungläubig an: »Wirklich?«

»Ja, wirklich! Wann sind wir verabredet?«

»Halb elf am Kapitol. Also an der großen Treppe zum *Kapi-*

*tolsplatz* hinauf. Ist dir das recht?«, fragt sie vorsichtig, obwohl ja nichts mehr zu ändern ist.

Ach Gott! Schon so früh, denkt David. Aber laut sagt er: »Ja, klar! Prima! Und jetzt hol ich dir noch einen Orangensaft vom Büffet!«

»Danke, sehr nett!«

»Gerne!«

Im Vorübergehen küsst er sie und riecht dabei ihren frischen Morgenduft. Dann holt er von der Saft-Theke ein Glas *Spremuta d'arancia* und bestellt sich selbst danach noch einen doppelten Espresso. Er wird heute all seine physische und geistige Kraft brauchen, um diesen Tag mit Marc zu überstehen.

Doch er muss das Opfer bringen. Für Julia. Und auch für seine Tochter. Ein verschwendeter Tag, damit er dann den Rest der Woche umso freier nach Zoe suchen kann. So ist zumindest sein Plan.

# 15

Es ist kurz vor halb zehn Uhr, als sie im jetzt schon machtvollen römischen Vormittagslicht auf dem *Ponte Vittorio Emanuele II* den Tiber überqueren. Julia trägt ihr blau-weiß gestreiftes Lieblingskleid und ihre schönste Goldkette. Außerdem hat sie ihr Haar zu einem perfekten Kometen gestylt, wie David wohl bemerkt.

Obgleich er weiß, dass sie es nicht seinetwegen getan hat, sagt er: »Du siehst sehr schön aus!«

»Danke!«, erwidert sie. »Erstaunlich, dass du das bemerkst. Dabei bin ich schon über fünfzehn.« Sie lächelt ihn herausfordernd an.

David will auf diese als Witz getarnte Spitze nicht eingehen. Er hatte gehofft, die Krise wäre seit dem Frühstück überwunden. Aber da war er wohl in seiner Zoe-Euphorie zu naiv gewesen.

Rasch blickt er auf die Uhr und sagt: »Wir haben noch massenhaft Zeit, um zum Kapitol zu gelangen. Lass uns einen kleinen Schwenk in eine der Seitengassen machen. Wir können noch einen Abstecher zur *Piazza Navona* unternehmen!«

Doch Julia hält ihn zurück. «Nein. Wir steigen hier auf dem *Corso* in einen Bus! Sonst kommen wir zu spät!«

»Zu spät?«, ruft David ungläubig. »Zu Fuß schaffen wir das in einer halben Stunde. Mit dem Bus sind wir in zehn Minuten vorn auf der *Piazza Venezia*! Viel zu früh!«

Aber Julia beharrt stur auf ihrem Plan. »Das ist eine Frage der Höflichkeit. Die beiden sollen nicht denken, dass wir sie weniger schätzen als sie uns.«

David schluckt die ihm auf der Zunge liegende Antwort hinunter und stellt sich brav an der Haltestelle an, während Julia in fliegender Hast auf der Suche nach einem Tabakgeschäft wegrennt, um dort Tickets zu kaufen.

Wie oft fahren die Busse überhaupt? Insgeheim schöpft er plötzlich Hoffnung: Vielleicht kommen sie gerade durch den Bus zu spät – und das ganz ohne seine Schuld …

Während er so wartend dasteht und die auf dem *Corso* vorüberströmende Menge betrachtet, beginnt er unwillkürlich wieder in die Gesichter der Menschen zu schauen. Wenn er schon diesen Tag für den nutzlosen Kapitolbesuch opfern muss, will er sich wenigstens auf dem Weg dorthin umsehen. Das kann ihm niemand verbieten.

Den ganzen Morgen war er so sehr auf Julia konzentriert, dass ihm keine Zeit dafür blieb. Doch jetzt überkommt ihn wieder dieses Gefühl, dass hier irgendwo seine Tochter unterwegs ist. Jeden Augenblick kann er Zoe begegnen. Und in derselben Sekunde, in der er das denkt, sieht er sie. Ein Blitz durchzuckt ihn. Sie geht auf der anderen Straßenseite und ist schon vorbei. Er sieht sie nur noch in Rückenansicht. Doch er erkennt genau das geistige Bild wieder, wie sie in München aus dem Restaurant verschwand: das rotblonde hochgesteckte Haar, die mageren Schultern im T-Shirt, der orange Rucksack. Ja, das ist sie. Kein Zweifel.

Ohne nachzudenken stürzt er sich einfach in den dichten Autoverkehr, um die Straße zu überqueren – aber das ist auf dem *Corso* selbst für römische Verhältnisse zu gewagt. Bremsen quietschen. Hupen ertönen. Er wird fast überfahren. Zwecklos. Er muss es anders versuchen. Er rennt ein paar Meter weiter, wo zum Glück gerade eine Ampel auf Grün springt, und drängt sich rücksichtslos durch eine Schar von indischen Nonnen, von denen er eine sogar anrempelt. »Scusi!«, ruft er, ohne sich umzuschauen. Sobald er auf der anderen Straßenseite angekommen ist, stockt er.

Wo ist sie? Wo ist Zoe? Er kann sie nicht mehr sehen. Atemlos sprintet er in die Richtung, in die sie gegangen ist, und weicht geschickt den vielen Passanten aus, die ihm entgegenkommen. Und da! Da ist sie! Er sieht sie gerade noch neben einem der grünen Kioske um die Ecke in eine kleine Seitengasse verschwinden.

David stürzt mit keuchendem Atem hinterher. Er wirbelt ums Eck und biegt in den kühlen Schatten der Gasse ein. Und da spaziert sie! Ganz ruhig und gelassen. Der orange Rucksack schaukelt hin und her. Ihre Absätze klacken. Zoe. Für eine Moment kann David sich nicht rühren. Er steht wie angewurzelt und kann nur schauen. Und gerade da hält sie an und blickt in ein Schaufenster mit Handtaschen. Sie geht sogar in die Knie, um etwas zu betrachten. Seine Tochter. Er schreitet ganz ruhig auf sie zu, mit schlagendem Herzen. Dann bleibt auch er stehen. Dicht bei ihr. Ratlos, was er sagen soll. Er wartet nur. Und plötzlich, als fühlte sie seinen Blick, fährt sie herum und starrt ihn erschrocken an. Eine Wildfremde. Sie sieht Zoe nicht einmal ähnlich. Das Haar ist brünett und der Rucksack hellbraun. David ist so fassungslos und enttäuscht, dass er sich wortlos einfach nur umdreht und geht.

* * *

Als David benommen aus der Gasse wieder auf den *Corso* hinaustritt und diesen ein Stück entlangläuft, springt ihn plötzlich Julia wie eine Raubkatze an und packt ihn am Arm: »Da bist du ja, David! Wohin in aller Welt bist du denn verschwunden? Ich hab dich überall gesucht!«

»Wieso?«, stammelt er kopflos. »Ich hab *dich* gesucht ...«

»Aber du wusstest doch, dass ich Fahrkarten kaufen wollte! Warum hast du nicht an der Haltestelle gewartet?«

»Ich dachte, du hast dich verlaufen ...«

»Verlaufen! So ein Blödsinn! Los, beeil dich! Wir kommen viel zu spät!«

»Aber es ist doch noch nicht einmal zehn ...«

»Beeil dich einfach!«

Sie ist wirklich wütend – was sonst nur sehr selten geschieht. In diesen Tagen aber zu oft. Zum Glück kommt drüben gerade ein Bus herangerollt.

»Schnell! Schnell!«, ruft Julia, als ginge es um ihr Leben und zerrt ihn unter Todesgefahr und die Autofahrer mit wilden Handzeichen stoppend quer durch den Verkehr auf die andere Straßenseite.

Im Bus sitzt sie abgewandt neben ihm und starrt aus dem Fenster. Die fleischgewordene Allegorie der Beziehungskrise. David begreift nicht, weshalb sie sich so aufregt. Oder begreift es leider doch. Aber das verwirrt ihn im Moment weniger als die Tatsache, dass er Zoe soeben gefunden zu haben glaubte und im selben Augenblick auf noch tiefere Weise verloren hat. Denn hätte er sie wirklich entdeckt und sie wäre ihm nur wieder entwischt, dann schiene ihm der Verlust nicht so schlimm. Er könnte sie erneut finden. Doch so … Natürlich. Es wäre auch ein Wunder gewesen. In dieser Riesenstadt. Trotzdem kann er seine Enttäuschung kaum kontrollieren. Es ist gut, dass Julia ihn jetzt nicht anschaut.

Ihnen gegenüber sitzt eine Italienerin, etwa fünfzig und müde und abgearbeitet, mit ihrer hübschen halbwüchsigen Tochter. Das Paar fällt David auf, weil die Mutter offensichtlich über etwas Schlimmes traurig ist und die Tochter sie im Arm hält und ihr sehr liebevoll zuflüstert und sie streichelt und tröstet. Was die Mutter traurig macht, scheint irgendwie mit einem Brief zu tun zu haben, auf den die beiden abwechselnd starren und über den sie sich leise austauschen. Geht es um einen Ehestreit? Einen Abschiedsbrief? Eine medizinische Diagnose? Etwas Schlimmes muss es sein, am Ernst der beiden gemessen. Was David dabei ergreift, ist die Tatsache, dass sich in dieser Situation das Mutter-Tochter-Verhältnis geradezu umgekehrt zu haben scheint. Die Tochter ist die Reifere und Ältere, und die Mutter lebt völlig von ihrem Trost und ihrer Zärtlichkeit. Die Überlegenheit der Tochter zeigt sich sogar darin, dass sie, während sie die Mutter in ihren Armen hält und wiegt, gleichzeitig hinter deren Rücken auf ihrem eigenen Handy Nachrichten liest. Aber nicht so, als wäre das Mitleid mit ihrer Mutter nur vorgetäuscht, sondern in derselben ernsthaften Weise, wie Erwachsene mitunter, wenn sie ein Kind trösten, eben gleichzeitig ein Auto lenken müssen.

Als Julia und David auf der *Piazza Venezia* aus dem Bus steigen, ist es zehn nach zehn. Es sind nur ein paar Meter bis zur Freitreppe, die zum Kapitol hinaufführt, und von Marc und Carina ist weit und breit nichts zu sehen.

»Geschafft!«, ruft Julia und lacht ihm zu, als hätten sie eben mit vereinten Anstrengungen etwas Unfassbares bewältigt. Sie hat offenbar ein schlechtes Gewissen, weil sie selbst bemerkt, dass sie übertrieben hat. Außerdem will sie wohl die Verstimmung zwischen ihnen beiden im Vorfeld bereinigen, damit kein Schatten auf das grandiose Treffen fällt.

»Hast du die Mutter mit ihrer Tochter gesehen?«, fragt David unvermittelt.

»Was? Wo?«

»Eben im Bus. Die Tochter, die ihre weinende Mutter getröstet hat.«

»Hab ich nicht bemerkt.«

»Uns gegenüber. Ich fand das irgendwie ... ergreifend ...«

»Aha«, sagt Julia knapp. »Interessieren wir uns jetzt für junge Mädchen mit Müttern?«

Wieder in eine Falle getappt! Bevor David antworten kann, gerät Julia in Bewegung: »Da sind sie!«, ruft sie mit derselben Emphase, als riefe sie »Land in Sicht!« Und stürzt schon los.

# 16

Vor dem linken der beiden wasserspeienden Granitlöwen am Fuß der Treppe fällt Julia als Erstes Marc heftig um den Hals und macht ihren Fauxpas dann rasch wieder gut, indem sie gleich darauf Carina noch heftiger umarmt, sofern das überhaupt möglich ist. Marc folgt Julias Strategie sofort und umarmt seinerseits nun David mit so übertriebener Begeisterung, dass diesem die Luft wegbleibt.

»Auf!«, ruft Marc dann gut gelaunt. »Erklimmen wir die *Cordonara!*«

»*Cordonara?*«, fragt Julia. David runzelt die Stirn.

»Ja, so heißt diese Treppe eigentlich«, erwidert Marc. »Aber das wissen nur wir Einheimischen.«

Zu viert steigen sie die breiten Stufen hinauf. David spürt, wie ihm in der aufkommenden Hitze der Schweiß ausbricht. Nach all dem Espresso. Auch die korpulente Carina, die heute in wallendes Orange gekleidet ist, kommt ins Schnaufen.

Marc dagegen hält während des Aufstiegs ein Kurzreferat über das Kapitol, das er Julia als Insider-Wissen verkauft. David weiß jedoch, dass alles Wort für Wort so im Dumont-Reiseführer steht. Er hat denselben Führer für den Rom-Trip eingepackt und den Text heute Morgen erst auf dem Klo gelesen.

In Froschperspektive nähern sie sich der mächtigen Reiterstatue des Marc Aurel, der seine Bronzehand wie besitzergreifend und segnend zugleich erhoben hat. Als sie allesamt auf dem Michelangelo-Platz vor dem Kaiser stehen, tritt Marc neben das Standbild hin und ahmt die Pose nach. Es soll wie ein Scherz wirken, aber Carina sagt: »Zweimal Marc! Das sagt doch alles!«

»Ja«, sagt Marc. »Ich bekenne es offen: Die Namensgleichheit ist kein Zufall! Von allen Kaisern entspricht Marc Aurel am tiefsten meiner Seele: Staatsmann und Philosoph …«

Was nicht exakt dasselbe ist wie Immobilienmakler und Haiku-Stümper, denkt David. Aber er verkneift sich den Satz.

»Die Museen sind in den beiden Palazzi links und rechts vom Platz untergebracht«, erklärt Marc mit großen Gesten. »Man muss aber nur einmal Eintritt zahlen. Man geht rechts in den *Palazzo dei Conservatori* und dann durch einen unterirdischen Gang hinüber in den *Palazzo Nuovo*.«

»Genial!«, ruft Julia, als wären David und sie nicht schon fünfmal hier gewesen und wüssten das alles nicht längst.

Marc verschwindet im rechten Palazzo und kommt mit vier Tickets zurück. David muss sich fast prügeln, um seine und Julias Karte selbst zu bezahlen.

Dann stellen sich die vier im nur wenig kühleren Schatten der Arkaden vor dem Eingang an. Eine adrette junge Polizistin in blauer Uniform und mit schicker weißer Pistolenkoppel hält Wache.

Man muss durch eine Art Sicherheitsschleuse wie am Flughafen, um sich auf Waffen durchsuchen zu lassen. Wobei die Maßnahmen hier eher symbolisch wirken. Das Security-Personal – ein älterer Mann mit Bart und eine junge Frau mit Zopf – nimmt das Ganze recht gelassen. Trotzdem muss Julia, die als Erste dran ist, ihre Umhängetasche in eine graue Plastikwanne legen und David wirft rasch sein Portemonnaie und das Handy dazu. Dann rollt die Wanne auf einem Laufband in den Röntgenscanner. Julia geht durch den Metalldetektor, der wie ein grauer Türrahmen aussieht, und David folgt ihr. Aber während er nur durchgewinkt wird, hat die bezopfte Security-Angestellte, die bislang so gelassen dastand, mit Julia unbegreiflicherweise irgendwelche Probleme und beginnt, sie mit einem Handdetektor abzusuchen. David holt unterdessen schon seine Geldbörse und sein Handy aus der grauen Wanne und stopft beides in die Hosentaschen. Und da der bärtige Mann eine ungeduldige Geste macht, schnappt er sich auch die Umhängetasche. Doch in seiner Hast greift David falsch zu und die Tasche klappt auf und ein Teil des Inhalts fällt in die Wanne. Bevor er noch reagieren kann, ist Julia mit einem Satz bei ihm – »Lass! Das mach ich!«

David sieht noch, wie sie flink ihre Hand auf ein weißes Papierstück legt, bevor sie in Windeseile Kamm, Handy und Haarbürste zusammenrafft und alles in ihrer Tasche verschwinden lässt. Und schon sind auch Marc und Carina durch die Schleuse.

\* \* \*

Gleich hinter dem nüchternen Sicherheitsbereich erwartet die vier ein prachtvoller Renaissancehof, der mit seinen hellen Ocker- und Beigetönen eine sanfte Aura ausstrahlt. Man sieht Bruchstücke einer Kolossalstatue von Kaiser Konstantin aus weißem Marmor. Vor allem den gewaltigen Kopf, unter dessen Blick jeder Sterbliche nichtig erscheint. Aber auch eine Hand mit ausgestrecktem Zeigefinger, einen Fuß, ein Schienbein und weitere Fragmente. Zersplitterte Propaganda.

Marc setzt gerade zu einer Führung durch den Innenhof an, als eine Museumsangestellte Julia ermahnt, ihre Tasche in einem Schließfach zu deponieren. Sie deutet nach links auf einen Raum neben den Treppen. Als Julia sich mit einer Entschuldigung umdreht, um der Anweisung Folge zu leisten, unterbricht Marc sich selbst mitten in der Rede und nimmt seiner Frau schnell ihren kleinen Lederrucksack ab: »Ach, dann bring ich deine Sachen auch gleich in ein Schließfach, Carina!«

Darauf verschwindet er zusammen mit Julia im Nebenraum. Man hört die beiden aus dem Off lachen.

David wird in diesem Moment von einem solchen Widerwillen gegen Marc und die ganze Situation erfasst, dass er zu Carina nur sagt: »Entschuldige! Ich geh schon vor! Ich brauche Luft…« Mit diesen Worten eilt er davon.

»Luft?«, ruft Carina ihm noch fassungslos nach, während er bereits mit großen Schritten die Treppen emporsteigt. Aber er hat keine Lust zu antworten.

# 17

David hastet zwei Stockwerke hinauf, hetzt durch einige dunkle Prunksäle mit Skulpturen, dann an der römischen Wölfin mit ihren beiden Bälgern vorbei und gelangt schließlich in den großen, weißen, lichterfüllten Saal, der sein Ziel war.

Hier kann ich atmen, denkt er. Nur wenige monumentale Kunstwerke sieht man. Wieder das kolossale Haupt und die kolossale Hand von Kaiser Konstantin, diesmal in Bronze gegossen. Den gewaltigen Marmorlöwen, der gerade ein im Todeskampf sich wehrendes Pferd zerfleischt. Und das Original der Reiterstatue von Marc Aurel, die sie vorhin auf dem Platz in Kopie betrachtet haben.

Immer hat David diesen Raum wegen seines Lichtes und seiner Klarheit geliebt. Doch jetzt verdüstert die Statue seinen Blick. Er kann nicht anders: Er sieht vor sich den kahlköpfigen Marc hoch zu Ross, wie er mit übergestülpter Clownsperücke in großer Pose die Hand über ihm erhebt. Nein, hier ist kein Trost. Noch einen Marc erträgt er nicht. Er will nicht mit Marc, egal welchem, in einem Raum verweilen. Nur fort von hier. Doch wohin?

Über ihm gibt es bloß noch das Stockwerk mit der Gemäldegalerie. Um in den anderen Bau hinüberzukommen, müsste er erst wieder alle Treppen hinab in den Keller, wo der unterirdische Verbindungsgang verläuft. Und dabei käme er zwangsläufig an den anderen dreien vorbei. Aber er sitzt ohnehin in der Falle. Das hat er nicht bedacht. Denn früher oder später holen die anderen ihn ein. Was tun?

Unschlüssig tritt David in einen der Nebensäle, wo der von Apollo zur Strafe für sein Flötenspiel gehäutete *Marsyas* in stummem Marmor schreit. Kein schöner Anblick. Aber immer noch besser als Marc.

»Ey, das ist ja krass«, sagt in dem Moment ein junges Mädchen vor ihm auf deutsch zu ihrer Freundin. Sie selbst hat eine blaugefärbte Kurzhaarfrisur und trägt ein schwarzes T-Shirt zu einer buntbedruckten Pumphose. Die Freundin dagegen hat schulterlange schwarze Haare und steckt in einer Art von olivgrünem Overall. Zu zweit starren sie schockiert auf den gefolterten *Marsyas*.

»Voll krank«, erwidert die andere. »Die haben sogar manche Körperteile aus so rotem Marmor gemacht, damit das aussieht wie rohes Fleisch! Wie eklig!«

»Echt voll pervers!«

Einen Augenblick überlegt David ernsthaft, ob er die beiden in ihrer angeekelten Betrachtung unterbrechen soll, um sie zu fragen, welche Besichtigungstouren sie heute geplant haben und wo junge Mädchen Spaß haben könnten. Vielleicht geben sie wertvolle Tipps? Andererseits: Muss diese Frage für die beiden nicht sehr seltsam klingen? David erwägt gerade, eine imaginäre Tochter zu erfinden, die sich hier furchtbar langweilt. Da erscheint plötzlich eine dritte Freundin mit einem wilden blonden Lockenkopf – fast so wie Julia.

»He, Stella«, sagt die Blauhaarige. »Hast du Zoe gesehen? Wir suchen sie schon die ganze Zeit.«

»Ja«, antwortet Stella. »Der geht's grad nicht so gut.«

»Wieso?«, fragt die Schwarzhaarige.

»Keine Ahnung. Weiß man bei ihr ja nie«, sagt Stella.

»Ja, und wo ist sie?«, fragt die Blaue wieder.

»Also vorhin hab ich sie auf dieser Aussichtsplattform gesehen, wo man zum *Forum* runterschaut.«

»Wo?«, fragt die Schwarzhaarige.

»Ja, das ist etwas tricky«, sagt Stella. »Da muss man erst ganz in den Keller und dann so einen dunklen Gang lang und dann eine Treppe hoch – und plötzlich schaut man aufs *Forum* raus ...«

Aber David ist schon losgestürzt. Er kennt den Weg.

# 18

David rennt den Gang entlang zu einer Glastür, die ins Treppenhaus führt. Er reißt sie auf, fährt aber sofort zurück. Gerade steigen Julia und Marc unter albernem Geturtel die Stufen empor. Carina folgt ihnen mit etwas Abstand. Die drei haben ihn noch nicht bemerkt. Rasch verbirgt sich David hinter einem Türpfosten und wartet ab, bis die kleine Gruppe vorüber ist. Sie gehen zu der anderen Tür, durch die man über mehrere Vorsäle in den großen weißen Raum gelangt, aus dem er selbst vorhin geflohen ist. Er hört Julia übertrieben auflachen. Dann sind sie verschwunden und David jagt in großen Sprüngen die vier Treppen hinab bis ins Untergeschoss, wo Halbdunkel herrscht.

Er läuft mit hallenden Schritten einen düsteren Gang entlang, in dem zahlreiche Grabsteine und Platten mit gemeißelten Inschriften auf Latein ausgestellt sind. Dann biegt er in der Mitte des Ganges rechts ein auf eine breite Treppe, die wie aus einer Gruft ins Helle und Freie hinaufführt. Immer zwei Stufen auf einmal nehmend, erklimmt er die Aussichtsplattform, die sich droben unter hohen gemauerten Ziegelarkaden öffnet. Man sieht von dort weithin über das gesamte *Forum* mit seinen Säulenstümpfen und Tempelfragmenten und Triumphbögen. Schwer atmend blickt er sich um.

Und da steht sie. Keine sechs Meter von ihm entfernt. Wahrhaftig. Zoe. Gegen alle Wahrscheinlichkeit und gegen jede Berechnung. Am einzigen Ort, von dem er sich sicher war, dass er sie dort nicht finden würde. Zoe. Sie lehnt an dem dunklen Metallgeländer und schaut über all die Bruchstücke der Vergangenheit hinweg in die Ferne. Das rotblonde, hochgesteckte Haar, die schmalen Schultern. Nur der orange Rucksack fehlt, weil sie ihn unten abgeben musste. Diesmal ist sie es wirklich. Zoe. Eine tiefe Rührung überkommt ihn. Auch wenn er nicht die geringste Ahnung hat, was er jetzt tun soll.

Eine Weile steht er nur da und schaut sie an und wartet ab, bis sein Atem und Herzschlag sich etwas beruhigt haben. Dann tritt er ebenfalls ans Geländer – nur zwei Meter sind es zwischen ihrer Schulter und seiner – und blickt aufs *Forum*, ohne etwas davon wahrzunehmen. Aus den Augenwinkeln versucht er, ihr Gesicht zu sehen. Ja. Kein Zweifel. Zoe.

Ein leichter Windstoß fährt in diesem Moment gleichzeitig durch ihr Haar und seines. David denkt: Ich stehe neben meiner Tochter. So nahe, dass wir denselben Lufthauch spüren. All das kommt ihm ganz unfassbar vor. Wie ein Traum.

Zoes Blick ist ernst. Vielleicht melancholisch oder traurig. Das kann er aus seiner Perspektive nicht sagen, ohne den Kopf auffällig zu drehen. Doch in dem Moment schaut sie kurz zu ihm herüber. Vielleicht gestört oder beunruhigt, dass er so nah neben ihr steht. Jetzt nimmt sie die Hände vom Geländer und tritt zurück. Er erschrickt. Will sie fort? Hat er sie verscheucht? Tatsächlich! Sie wendet sich zum Gehen. Schnell, sag etwas, denkt er. Sonst ist sie weg! Aber was? O Gott, was? Fieberhaft überlegt er und wendet schon den Kopf und öffnet den Mund, ohne zu wissen, zu welchem Satz. Da kommen im selben Augenblick ihre drei Freundinnen die Treppe hochgesprintet.

»Hey, Zoe! Da bist du ja!«, ruft das Mädchen mit dem blauen Schopf. »Wir haben dich überall gesucht!«

»Sorry«, sagt Zoe. »Ich war nur …« Sie macht eine vage Handbewegung über ihrer Stirn.

»Ist alles klar bei dir?«, fragt die Schwarzhaarige.

»Ja, Chiara, geht schon wieder«, sagt Zoe.

»Na, komm«, sagt Chiara und umarmt sie.

Eine Weile stehen die Freundinnen um Zoe herum und schauen sie besorgt an, bis diese lächelt und sagt: »Wirklich, mir gehts schon wieder gut.«

»Okay«, sagt die Blauhaarige, die dann wohl die kiffende Lea sein muss. »Wollen wir dann gleich in die Wohnung zurück? Ich krieg langsam Hunger.«

»Waaas?«, ruft Stella. »Ich dachte, wir gehen jetzt mindestens noch zum *Pantheon* und zur *Fontana di Trevi* und zur *Spanischen Treppe*! Das wollten wir doch!«

»Ja«, sagt Lea. »Aber das können wir doch nachmittags oder abends noch. Oder morgen. Du siehst ja, wie fertig Zoe ist.«

»Also wegen mir braucht ihr jetzt nicht ...«, beginnt Zoe.

»Ach, Quatsch!«, sagt Chiara. »Meine Oma hat uns sowieso einen Topf mit Pasta zum Aufwärmen hingestellt. Das ist viel besser, als wenn wir uns jetzt unterwegs irgendwas kaufen. Rom ist sauteuer. Und meine Oma ist eine super Köchin! Ihre *Spaghetti all'amatriciana* sind echt der Hammer!«

»Ja, okay! Find ich gut«, sagt Lea. »Und mir ist nach dem Museumsstress auch mehr nach chillen. Für heute hab ich genug Kultur. Morgen gehts weiter.«

»Ich wollte am Nachmittag sowieso noch meine römischen Kusinen treffen«, sagt Chiara.

»Na schön«, sagt Stella resigniert. »Dann halt in die Wohnung. Aber lasst dann nicht hier den Bus nehmen, sondern wenigstens auf demselben Weg zurückgehen, wie wir gekommen sind ...«

»Warum?«, fragt Lea.

»Ich will noch in das Schuhgeschäft schauen, an dem wir auf dem Herweg vorbeigekommen sind ...«

»Welches meinst du?«, fragt Lea.

»Na, du weißt schon – gleich nachdem wir am Tiber aus dem Bus gestiegen sind. In dieser Corona-Straße oder wie sie heißt ...«

Chiara lacht: »*Via dei Coronari!*«

»Von mir aus«, sagt Lea. »Wenn Zoe das noch mitmacht ...«

»Ja, ist schon okay!«, sagt Zoe.

Die vier wenden sich zum Gehen, als Lea plötzlich herumfährt: »Neee, stopp! Wartet mal!« Damit zieht sie ihr Smartphone aus der Tasche, geht in großen Schritten auf David zu und hält ihm mit strahlendem Lächeln das Gerät entgegen: »*Excuse me, could you please take a picture of the four of us?*«

David muss kurz seine Verwirrung überwinden, dass er aus der Position des stillen Beobachters so plötzlich als Mitwirkender in die Handlung hineingerissen wird.

»Ja, gerne. Natürlich ...«, stammelt er und nimmt das Smartphone so ungeschickt, dass die Kamera sofort wieder verschwunden ist.

»Ah, ein Deutscher! Umso besser!«, sagt Lea und lacht. »Moment!« Sie tippt schnell wieder auf das Kamera-Symbol. »So! Jetzt!«

Die vier Mädchen stellen sich an das Geländer vor der atemberaubenden Kulisse des *Forums*, drängen die Köpfe zusammen und breiten die Arme übermütig aus.

Eine Weile sieht David das Gesicht seiner Tochter im Sucher. Er zoomt es heran und erstarrt.

»Einfach drücken!«, ruft Lea nachsichtig, wie man mit alten Leuten spricht, und die anderen kichern. Das befreit ihn von seinem Bann. Rasch fährt David im Zoom zurück. Dann drückt er auf den weißen Punkt. Es macht: *Klick!*

»Noch eins, bitte!«, ruft Lea.

Und David drückt noch dreimal ab: *Klick! Klick! Klick!*

»Danke! Danke! Vielen Dank!«, rufen die Mädchen durcheinander.

Lea holt ihr Smartphone mit einem Lächeln wieder ab und die vier drängen sich beim Hinabsteigen der Treppe um den kleinen Bildschirm und man hört Rufe: »Ach nice! Echt super geworden! Das poste ich sofort auf Instagram! Fanny flippt aus, wenn sie das sieht!«, bis sie verschwunden sind.

David ist allein zurückgeblieben auf der Plattform und starrt zum *Forum* hinab. Eine ganze Weile ist er wie in Trance. Denn eines hat er im Zoom entdeckt, was er damals bei Nacht und im Kerzengeflacker vor dem Haidhauser Restaurant nicht sehen konnte: Zoe mag zwar durch welche genetischen Abenteuer auch immer rotes Haar haben – aber sie hat auf jeden Fall dieselben blaugrauen Augen wie er. Und auch sonst. Dieselbe Gesichtsform. Denselben Mund. Geradezu bestürzend ähnlich ist sie ihm. Das kann doch kein Wunschdenken sein! Das bildet er sich doch nicht nur ein!

Er kann keinen klaren Gedanken fassen. Sein Blick gleitet hilflos über die Trümmer des *Forums*. Da tauchen noch weitere Menschen neben ihm auf. Eine junge Familie, die sich plaudernd und lachend am Geländer verteilt. Ein kleines Mädchen ruft:

»Papa!« Das Wort bringt ihn wie eine Ohrfeige wieder zur Besinnung.

Er denkt: Ich habe Zoe gefunden! Unfassbar! Aber jetzt? Ich darf sie nicht wieder verlieren! Los! Hinterher! Folge den Mädchen! Finde heraus, wo sie wohnen!

# 19

Als David am Treppenabsatz unten angekommen ist, sieht er die vier Freundinnen nicht mehr. Es ist klar. Er hat zu lange da oben gestanden in seiner Verwirrung. Was jetzt? In welche Richtung sind sie verschwunden? Einen Augenblick verharrt er ratlos. Wahrscheinlich wollen sie in den zweiten Palazzo hinüber und von dort zum Ausgang. So wirbelt er rechts herum und will losstürzen. Da rumpelt er fast mit einer orangen Erscheinung zusammen – Carina, die gerade aus der Toilette kommt.

»David!«, ruft sie und hält ihn sofort am Ellenbogen fest. »Wo hast du denn gesteckt? Julia ist schon ganz außer sich …«

Ach Gott! Julia! David hat sie völlig vergessen! Natürlich ist sie außer sich! Was soll er jetzt tun? Er darf doch Zoe nicht wieder verlieren!

»Ja, tut mir so leid!«, sagt er. »Ich hatte nur eben einen Schwächeanfall …«

»Schwächeanfall?«

»Ja. Zu viel Espresso heute morgen … und die Hitze … der Kreislauf … Ich war bloß oben auf der Plattform, um etwas frische Luft zu schöpfen …«

»Aber jetzt geht es besser?«, fragt Carina besorgt. »Brauchst du Globuli?«

»Nein, nein!«, wehrt er rasch ab.

»Ich hab auch Rescue Tropfen dabei! Bachblüten! Ich hol sie schnell unten aus meinem Rucksack!«

»Nein, danke! Nicht nötig! Alles wieder gut!«

»Bist du sicher?«

»Absolut!«

»Na schön! Dann gehen wir zu den anderen.«

»Ja …« Er zögert und wendet sich dann wieder halb zum Gehen. »Das heißt, ich muss nur noch rasch etwas erledigen …«

»Kommt überhaupt nicht in Frage«, ruft Carina und packt ihn mit wuchtigem Klammergriff am Arm. »Julia bringt mich um, wenn ich dich jetzt wieder wegrennen lasse …«

David atmet tief durch. Resignation überkommt ihn. Es hat keinen Sinn, die Mädchen sind weg. Er hat Zoe verloren. Durch seine eigene Dummheit. Soll er nun Julia auch noch verlieren? So gibt er seinen Widerstand auf.

»Wo sind die beiden denn?«, fragt er fatalistisch.

»Die sind schon im zweiten Palazzo, also im *Palazzo Nuovo*. Oben. Bei den Skulpturen.«

»Okay.«

\* \* \*

David schreitet mit der Nervensäge Carina am Arm durch all die Säle voller weißer Köpfe und Skulpturen. Sie hat sich fest bei ihm eingehakt. Angeblich, um ihn bei einem weiteren Schwächeanfall zu stützen, aber es wirkt eher, als hätte sie ihn verhaftet und wollte ihren Gefangenen nun pflichtgemäß in Handschellen abliefern. Dabei behandelt sie ihn sehr vertraulich und tätschelt und streichelt ihm immer wieder aufmunternd den Arm und die Wange, wie um ihm seine Gefangenschaft zu versüßen.

Abrupt bleibt sie stehen und zwingt damit auch David zum Anhalten. Carina ist ganz verzückt von dem lebensgroßen *Sterbenden Gallier*, der nackt mit nur einer nahezu unsichtbaren, aber tödlichen Wunde auf dem Boden sitzt und durch seinen Schnurrbart an Tom Selleck erinnert. Immer wieder deutet sie auf die Pracht des männlichen Marmorkörpers. Während ihre rundlichen Hände mit den rotlackierten Nägeln die Formen in der Luft nachzeichnen, bekommt David plötzlich eine lebhafte Vorstellung ihrer Tantra-Massage, auf die er lieber verzichtet hätte.

Als Carina sich endlich losreißen kann, zerrt sie David dafür umso rascher durch die Säle.

Und da hören sie schon Julias und Marcs Lachen vom Gang her ertönen. Allzu verzweifelt kann Julia nun doch nicht sein, denkt David. Carina und er folgen dem Gelächter und sehen die beiden auf dem Gang stehen, wie sie zu zweit in ein kleines Kabinett mit nur einer Figur hineinschauen. David weiß schon, was ihn erwartet. Es ist die berühmte *Kapitolinische Venus*, die nackt auf einem Podest steht und die Hände schamhaft vor ihren Schoß und die Brüste hält. Doch hinter ihr ist ein großer Spiegel angebracht, in dem man ihr phänomenales Marmor-Hinterteil betrachten kann. Beim letzten Besuch hier ist Julia in das Kabinett hineingegangen und hat sich für David zum Spaß neben der Venus vor den Spiegel gestellt. Und die ganze Situation wirkt nun so, als hätte sie den Scherz soeben für Marc wiederholt und sei gerade erst aus dem Kabinett herausgekommen. Als Julia nun jedoch die beiden kommen sieht, tritt sie rasch einen großen Schritt von dem Raum zurück. Auch Marc dämpft seine Heiterkeit.

»Da ist ja der lang Vermisste!«, ruft er.

»Ja, der lang Vermisste«, sagt Julia mit wenig begeistertem Gesicht. Sie kommt auf ihn zu und zischt halblaut: »Wo zum Teufel hast du gesteckt?«

# 20

Als die vier schließlich die breite Treppe vom Kapitol wieder hinabsteigen, herrscht eine Art Katerstimmung. Die Spannung zwischen Julia und David ist spürbar. Auch Carina wirkt irgendwie unzufrieden. Doch womit? Mit Marc? Mit David? Mit dem ganzen Ausflug? Die unterdessen schon gewaltige Mittagsglut tut ein Übriges. Zum ersten Mal ist in der Gruppe ein längeres Schweigen eingetreten.

Sobald sie aber am Fuß der Treppe angelangt sind und wieder neben dem linken schwarzen Granitlöwen stehen, scheint Julia den Entschluss gefasst zu haben, die Situation nicht hinzunehmen. Ganz spontan setzt sie ein fröhliches Gesicht auf – Improvisieren ist ihr Talent – und ruft: »So, nach dem ganzen antiken Staub, den wir geatmet haben, können wir alle eine Erfrischung gebrauchen! Ich frag mal die Girlies da, wo sie ihre Wasserflaschen herhaben!«

Sie geht auf vier Mädchen zu, die nur ein paar Meter weiter auf der *Aracoelitreppe* sitzen und aus Plastikflaschen trinken. David erstarrt: Zoe mit ihren Freundinnen! Während er sie schon verloren glaubte, rastete sie hier ganz gemütlich! Schnell wendet er sich ab und tritt etwas zurück, damit ihn der Pfeiler, auf dem der Löwe ruht, halb verbirgt. Er will nicht als der Fotograf von vorhin wiedererkannt werden. In seiner Deckung hört er, wie Julia lachend mit den vieren plaudert, ganz so, wie sie es als Vertrauenslehrerin gewohnt ist.

Was für eine unglaubliche Konstellation, denkt er. Meine Liebste Julia steht da drüben und spricht mit meiner Tochter Zoe – und keine weiß von dem geheimen Band zwischen ihnen beiden – und dieses geheime Band bin ich!

Im Gegensatz zu ihm sind Marc und Carina ein Stück weit auf

die Mädchen zugegangen und haben dem kurzen Gespräch interessiert zugehört. Jetzt kommt Julia zurück und ruft: »Gerettet! Ich weiß, wo es kühles Wasser gibt!« Sie deutet auf die andere Straßenseite zu einer kleinen Anlage mit Pinien. »Da hinter dem Bus ist ein Verkäufer!«

»Warte! Ich besorg uns was«, ruft Marc eifrig und nutzt eine Lücke im Straßenverkehr, um hinüberzujagen. Er verschwindet hinter dem parkenden Bus.

Und nun erlebt David eine nur für ihn selbst dramatische Szene. Denn während Julia und Carina sich neben ihm über Marcs geniale Museumsführung und über dessen allgemeines Genie unterhalten, steht David bei ihnen festgebannt und muss gleichzeitig dem gemächlichen Aufbruch der Mädchen drüben zusehen.

In Zeitlupe erlebt er die Katastrophe des Verschwindens von Zoe – und ist machtlos, etwas dagegen zu unternehmen. Er kann sie weder aufhalten noch ihr folgen. Obwohl ein halblauter Ruf genügen würde, dass sie sich umdrehte! Die vier haben sich soeben langsam erhoben und ergreifen jetzt ihre Taschen und Rucksäcke. Sie verstauen umständlich die Flaschen. Streifen den Staub von ihren Hosen. Er hört sie reden und lachen. Sieht, wie sie einander noch irgendwelche Bilder oder Nachrichten auf ihren Handys zeigen. Dann wenden sie sich zum Gehen und schlendern in breiter Formation gelassen vor zur *Piazza Venezia*.

Soll er einfach einen Vorwand erfinden und hinterherrennen, egal, was geschieht? Aber selbst, wenn er jetzt ohne jede Rücksicht auf Verluste den Mädchen hinterherstürzte – was dann? Will er der völlig überraschten Zoe vor ihren Freundinnen, vor Julia, Marc und Carina mitten im Straßenverkehr eröffnen, dass sie seine Tochter ist? Und wenn nicht, wie kann er diese wahnsinnige Verfolgungsaktion dann rechtfertigen, die hier auf der weiten *Piazza* für alle Anwesenden offensichtlich wäre?

In dem Augenblick steht Marc keuchend vor ihnen und hält triumphierend vier Wasserflaschen empor, die mit begeistertem Jubel empfangen werden.

»Eisgekühlt!«, ruft Julia. »Unser Retter!« Und küsst Marc auf die Schläfe.

\* \* \*

David trinkt nur widerwillig aus der Flasche, die Marc ihm gegeben hat. Aber er hat keine Wahl. Er ist vor Enttäuschung psychisch und physisch einem Kollaps nahe. Gierig trinkt er in großen Schlucken und gießt sich noch Wasser über den Kopf, was Julia mit Stirnrunzeln sieht. Ja, das Wasser war gut. Jetzt geht es ihm besser. Während die anderen über irgendwelche Späße lachen, versucht er sich zu sammeln.

Okay, sagt er sich. Ganz ruhig! Zoe ist zwar verschwunden. Aber ich werde sie wiederfinden! Viel wichtiger ist, dass ich ihr wahrhaftig begegnet bin!

Was für ein unfassbarer Zufall!

Obwohl – genauer betrachtet, scheint ihm der Zufall gar nicht so sensationell. Carla hat ja sowohl ihm als auch Zoe Ort und Zeit genannt – das Kapitol am Samstagvormittag. Das war doch geradezu ein unfreiwilliger Vorschlag für ein Vater-Tochter-Date! Zoe wollte zwar nicht kommen – und er aus diesem Grund auch nicht. Aber der Termin war im Raum und hat in beiden weitergearbeitet. Vielleicht ging es Zoe ja ebenso wie ihm: Bei der Diskussion mit ihren Freundinnen fiel ihr nur der Vorschlag der Mutter ein. So eine Ironie! Ohne es zu ahnen, hat Carla nun Zoe und David zusammenbestellt ...

Als alle sich ausgiebig erfrischt haben, sagt Marc: »So, wer jetzt noch Lust auf Treppensteigen hat, kann gleich hier die *Aracoelitreppe* hochklettern oder wahlweise auf den Knien hinaufrutschen wie im Mittelalter! Droben gibt es ein wundertätiges Jesuskind, dem man Briefe schreiben kann mit Wünschen ...«

»Welcher Art von Wünschen?«, fragt Julia.

»Jeder Art. Zum Beispiel, wenn du dir Kinder wünschst ...«

»Besten Dank!«, sagt Julia. »Ich bin schon bedient. Die fünfhundert Kinder unseres Gymnasiums reichen mir für den Rest meines Lebens. Mein Vorrat an Mutterliebe ist erschöpft ...«

David trifft das wie ein Schlag in die Magengrube. Noch nie hat Julia das so dezidiert gesagt. Ist das ihr Ernst? Wie soll er ihr jetzt noch eine Tochter präsentieren?

»Uns musst du nichts erklären«, sagt Carina. »Geht uns genauso. Elternschaft ist nicht unser Ding. Ich bin mit Marc als Kind völlig zufrieden.«

»Ja«, sagt Marc und legt den Arm um die breite Hüfte seiner Frau. »Uns fehlt absolut nichts in unserem Zweier-Glück. Das ganze Tamtam ums Kinderkriegen ist reiner Biologismus. Und mal ehrlich: Früher wurden Kinderlose als Egoisten gebrandmarkt. Heute sind wir Klimahelden. Etwas Besseres kannst du für die Umwelt gar nicht tun, als keine Kinder zu bekommen. Da darfst du zum Spaß so oft um den Globus fliegen und Kreuzfahrten machen, wie du willst – du bist immer noch ein Umweltschützer ...«

Julia lacht. »Ja, unterm Strich wahrscheinlich schon.«

David will eben den Mund zu der erbitterten Antwort öffnen, dass auch Marcs Nichtexistenz das Klima entscheidend verbessern könnte, da sagt Carina:

»Apropos Kinder: Ist dir das vorhin aufgefallen, Julia?«

»Was?«

»Eines der Mädchen auf der Treppe hätte glatt Davids Tochter sein können ...« Carina lacht und wirft ihm einen anzüglichen Blick zu.

David starrt Julia entsetzt an. Aber die zuckt nur mit den Achseln. »Also ich hab nichts bemerkt.«

Marc tätschelt Carinas Schulter: »Die blühende Fantasie meiner Frau. Eins der anderen Mädchen war sicher Emanuela Orlandi.«

»Jetzt, wo du's sagst ...«, erwidert Carina und lacht.

# 21

Es ist später Nachmittag. Marc hat wieder die Rolle des Einheimischen übernommen und führt sie am *Marcellus-Theater* vorbei zu einem seltsamen Schildkrötenbrunnen.

»Und hier, meine Damen und Herren, beginnt das jüdische Ghetto von Rom!« Das Viertel unterscheidet sich auf den ersten Blick nicht sehr von anderen römischen Vierteln. Etwas dörflicher vielleicht. Am ehesten noch mit *Trastevere* zu vergleichen und doch anders. Aber bei genauem Hinsehen entdeckt man auf Restaurantschildern das Wort *Ghetto*. An Hauswänden sind Davidsterne eingelassen. In Schaufenstern lehnen vor riesigen Torten Schilder mit der Aufschrift *Kosher*. Ein Mann mit Kippa kommt ihnen entgegen, der den Kellner einer Bar mit »Schalom« begrüßt.

Marc weist auf jedes Detail hin, als hätte er es höchstpersönlich erfunden. Julia hängt an seinen Lippen und ist hingerissen von jeder Eröffnung. Und vor allem von Marc.

David versteht nicht, weshalb Carina das aggressive Flirten ihres Mannes so gelassen, ja, so gut gelaunt hinnimmt. Was denkt sie sich dabei? Ist sie seine Sklavin?

Er selbst ist nahe daran, Marc in den Schildkrötenbrunnen zu werfen – hätte er nichts Wichtigeres zu tun. Denn er fühlt sich bei dieser Besichtigungstour wie auf glühenden Kohlen. Dass Carina vorhin Zoe so spontan als seine Tochter erkannte, hat ihn ebenso schockiert wie entzückt. Also ist die Ähnlichkeit zwischen ihnen nicht nur sein Wunschdenken. Wenn eine Außenstehende quasi als neutrale Testperson die Verwandtschaft auf den ersten Blick entdeckt, sogar trotz Zoes roter Haare, dann ist das so gut wie ein objektiver Beweis. Zum ersten Mal hat er einen Beweis. Er ist nicht verrückt. Welche Freude!

Aber die Zeit verrinnt. Alles, was ihm geblieben ist, um Zoe wiederzufinden, sind die drei erlauschten Stichworte: *Pantheon, Spanische Treppe, Fontana di Trevi*. Nein, noch etwas hat er erfahren. Sogar eine sehr wichtige Information, wie er jetzt erst begreift. Die Freundinnen sind von ihrer Wohnung (wo auch immer sie sein mag) mit dem Bus gekommen, am Tiber wohl in der Nähe der Engelsbrücke ausgestiegen und dann durch die *Via dei Coronari* in Richtung *Forum* gegangen.

Und blitzartig, mit dem kriminalistischen Scharfsinn der Liebe, begreift David, dass es nur eine einzige logische Route für die vier Mädchen morgen geben kann: und zwar über die *Via dei Coronari* zum *Pantheon*, von da weiter zur *Fontana di Trevi* und schließlich zur *Spanischen Treppe*. Er sieht die Tour im Geiste vor sich, als wäre sie auf einer Karte Punkt für Punkt mit Nadeln abgesteckt und durch einen roten Faden verbunden. Ja, es gibt keinen Zweifel! David ist berauscht von dieser Erkenntnis! Denn wenn er morgen den gesamten Vormittag über und zur Not auch länger – unter welchem Vorwand auch immer – die *Via dei Coronari* observiert, wird ihm Zoe nicht entgehen.

Nur eines kann ihm einen Strich durch die Rechnung machen: wenn Stellas Aktivismus sich doch noch gegen Leas Lust zum Chillen und gegen Zoes Übelkeit durchsetzt und die Freundinnen bereits heute zum Sightseeing aufbrechen. Sehr, sehr unwahrscheinlich nach allem, was er aufgeschnappt hat. Zoe war wirklich fertig und Leas Veto schien endgültig. Obendrein wollte ja Chiara am Nachmittag ihre Kusinen treffen.

Dennoch. So unwahrscheinlich David diese Möglichkeit auch scheint – der Gedanke daran versetzt ihn in Panik. In seiner Verzweiflung geht er so weit, inbrünstig zu dem wundertätigen Jesuskind zu flehen, dass Lea sich gerade einen besonders dicken Joint drehen möge, um damit für jedes weitere touristische Programm zu bekifft zu sein. Kein allzu frommes Stoßgebet. Darf ein verantwortungsvoller Vater sich so etwas wünschen? Sicher nicht. Aber dies ist eine Ausnahmesituation. Wenn er Zoe erst gefunden hat, wird er alles wieder gutmachen! Das schwört er!

Doch wie will er das überhaupt anfangen? Ernüchtert stellt David fest, dass er keine Antwort hat. Selbst wenn er Zoe wiederfindet – was wird anders sein als bei dieser ersten Begegnung? Wie soll er es wagen, ihr die Wahrheit zu eröffnen? Was kann er tun, außer sie heimlich für ein paar Momente zu beobachten und dann wieder entschwinden zu lassen – seine unerreichbare Tochter ... Er hat keine Antwort darauf. Und trotzdem. Er muss Zoe finden!

»Also das Ghetto ist wunderbar!«, ruft Julia gerade begeistert. »Ich wusste gar nicht, dass es das in Rom gibt!«

»Tröste dich!«, erwidert Marc. »Das wissen nur wir Römer. Tatsächlich leben schon seit dem Mittelalter Juden in Rom.«

»Seit der Antike«, sagt David.

Marc lächelt: »Das bezweifle ich doch sehr!«

»Lies Horaz. Die *Quidam-Satire*«, erwidert David und geht weiter.

Als die kleine Gruppe kurz darauf vor einem Schaufenster mit jüdischen Backwaren stehenbleibt, drängt sich Julia zu ihm und faucht ihn an: »Was sollte das eben?«

»Was meinst du?«, fragt David.

»Die Angeberei mit deinem Horaz!«

»Ich kann nichts dafür, dass ich ein, zwei Bücher gelesen und nicht nur den Dumont-Reiseführer auswendig gelernt habe ...«

»Weißt du, wie arrogant du bist?«

»Ja. Und außerdem heißt es nicht *Cordonara*, sondern *Cordonata*.«

Sie wirft ihm einen tödlichen Blick zu und läuft wieder zu Marc.

# 22

Die Dämmerung bricht über *Trastevere* herein. Die vier sitzen jetzt an einem Tisch vor dem *Ristorante Galeassi*, das natürlich Marc ausgesucht hat. Es liegt gleich gegenüber der Kirche *Santa Maria in Trastevere*. Julia scheint völlig vergessen zu haben, dass auch David und sie bei früheren Rombesuchen hier schon zu Gast waren. Sie kann Marc gar nicht genug für die Entdeckung dieses Lokals loben. Marc parliert unterdessen in mäßigem Italienisch vertraulich mit einem der Kellner und bestellt für alle ungefragt eine Flasche sündhaft teuren Rotweines, den er als Experte vorkostet und für exzellent befindet, wenngleich für nicht ganz so überragend wie einen Jahrgang, den er kürzlich anderswo bekam … Julia findet den ersten Schluck jedenfalls grandios, obwohl sie sonst kategorisch nur Weißwein trinkt.

Danach stellt Marc auch noch – mit Julias Beifall – ein komplettes Menü für sie alle zusammen, als Hauptgang *Ossobuco con funghi*, wobei David nicht die geringste Lust auf riesige Fleischbatzen verspürt. Aber es ist ihm egal. Er hat sowieso keinen Hunger.

Plötzlich flammt die Angst in ihm wieder auf. Was, wenn die Mädchen doch heute schon zu ihrer Tour aufbrechen? Er kann sich durch logische Erwägungen nicht beruhigen. Wieder und wieder durchrast er im Kopf den Weg von der *Via dei Coronari* über das *Pantheon* und die *Fontana di Trevi* bis zur *Spanischen Treppe* wie im Zeitraffer. Seine Ungeduld ist so groß, dass er am liebsten ohne Entschuldigung einfach wegstürzen möchte. Doch das würde Julia ihm nie verzeihen. Und es ist sicher nicht klug, sie jetzt in ihrem wütenden Zustand mit Marc allein zu lassen. Außerdem müsste David erst von *Trastevere* wieder auf die andere Tiberseite gelangen, um nach Zoe zu suchen – und es ist schon spät.

Gib's auf, sagt er sich. Beruhige dich! Heute schaffst du's nicht mehr! Setz alle Hoffnung auf morgen!

Aber sooft ihn seine Vernunft so beruhigen will, hat er plötzlich die Vision von vier Mädchen, die munter am *Pantheon* vorüberspazieren oder auf die erleuchtete *Fontana di Trevi* blicken oder mit Jungs ihres Alters auf der *Spanischen Treppe* flirten. Und dann wieder kommen ihm düstere Bilder: Zoe, die ihre Freundinnen verloren hat oder in einer Laune vor ihnen weggelaufen ist und jetzt einsam durch eine entlegene dunkle Gasse irrt, bis ihr plötzlich ein zwielichtiger Mann den Weg versperrt … Bei dieser Vorstellung spürt David den spontanen Impuls, einfach aufzuspringen und seiner Tochter zu Hilfe zu eilen. Doch abgesehen davon, dass es für ihn heute Abend völlig unmöglich wäre, Zoe zu finden und ihr zu helfen, wird ihm schlagartig eines klar: Die Tatsache nämlich, dass ein Vater mit solchen Ängsten leben muss, wenn er nicht verrückt werden will. Sonst müsste er jede Klassenfahrt und jede Unternehmung verbieten und sein Kind einsperren.

Ja, es ist wahr: Ein Kind ist immer eine Geisel des Schicksals. Aber Vatersein bedeutet unter anderem auch, damit zurechtzukommen. Selbst wenn er erst seit wenigen Tagen Vater ist. Und selbst wenn Zoe, so wenig er über sie weiß, keine Tochter scheint, die mühelos durchs Leben wandelt.

Sie ist in Therapie, sie hat Probleme. Und Carla hat gewiss ihren Anteil daran. Kontrollzwang, das glaubt er sofort. Schon das kurze Gespräch, das er mitanhören oder vielmehr belauschen konnte, lässt den Gordischen Knoten der Mutter-Tochter-Beziehung erahnen … und vielleicht den Gordischen Knoten in Zoes Seele …

Aber wie auch immer, denkt er: Zoe hat meine Augen! Das ist kein Zufall! Wir sehen die Welt auf dieselbe Weise! Ich bin sicher, wir würden uns tief verstehen und *ich* könnte ihr helfen! Denn in Zoes Augen …

»*Hallo!*« Julia berührt seinen Arm und schaut ihn an. »Wachst du oder träumst du?«

Die anderen beiden lachen.

»Was?«, fragt David verwirrt.

Julia macht nur eine energisch hinweisende Handbewegung. Jetzt erst nimmt er den Ober wahr, der mit einem dampfenden Teller neben ihm steht und lächelnd wartet, servieren zu können. Rasch zieht David die Arme vom Tisch zurück und murmelt eine Entschuldigung.

\* \* \*

Zwei Stunden später ist die dritte Weinflasche geöffnet. Julia, Marc und Carina sind in Hochstimmung. David hingegen ist nahezu nüchtern und hat sich endgültig aus der Unterhaltung verabschiedet. Niemand versucht mehr, ihn einzubeziehen. Er trinkt sein Glas aus und spürt, dass er nun genug hat. Von allem. Er steht auf und geht ins Restaurant hinein, um die Toiletten zu suchen. Er kommt an noblen dunklen Holzregalen, Kupferstichen und Balustraden mit riesigen Weinflaschen vorbei.

Plötzlich erschrickt er. An einer Stuhllehne hängt Zoes oranger Rucksack. Doch als David bestürzt nähertritt, löst sich die Illusion in nichts auf. Der Rucksack ist gar nicht orange — das sah nur im Lampenlicht so aus —, sondern gelb. Beginnt er schon zu fantasieren?

Als er aus der Toilette zurückkommt, stößt er fast gegen Carina, die ihm lachend zuzwinkert und übertrieben vertraulich flüstert: »Warum treffen wir uns eigentlich immer am Klo?« Sie wirft ihm eine Kusshand zu, um dann hinter der Nebentür zu verschwinden.

David schüttelt befremdet den Kopf und geht nachdenklich durch die dämmerigen Galerieräume des Restaurants, wobei er schon wieder beginnt, in die Gesichter der Menschen zu starren. So sinnlos es ist – er kann damit einfach nicht aufhören. Es ist wie ein Zwang. Gleichzeitig spürt er einen immer tieferen Abscheu gegen Marc und Carina und die ganze Situation. Vor allem aber gegen Marc. Nein, er hat nicht die geringste Lust, sich wieder an den Tisch mit den anderen zu setzen. Allein der Gedanke scheint ihm unerträglich. An der Tür bleibt er kurz stehen und lässt den Blick schweifen. Er sucht seinen Platz.

Und da sieht er sie plötzlich: Julia, die sich gerade zu dem neben ihr sitzenden Marc hinüberbeugt, um ihn auf den Mund zu küssen. Im selben Moment fällt auch ihr Blick auf David und sie erschrickt. Er aber dreht sich einfach um und geht an den Tischen vorbei aus dem Lokal und in die Nacht hinaus. Hinter sich vernimmt er das Gerumpel eines Stuhles und dann rasche Schritte, die ihm folgen. Er aber geht noch schneller an der erleuchteten Kirchenfassade vorbei in eine dunkle Gasse, wo die Wände mit Graffiti besprüht sind.

»David! David!«, hört er Julia rufen. Aber er hält nicht an, im Gegenteil, er beginnt jetzt zu laufen. Und auch ihre Schritte klacken nun immer rascher auf dem Kopfsteinpflaster. »David! Bitte!«, ruft sie. »Bleib stehen!« Doch er beschleunigt sein Tempo noch. »Bitte, David!«, hört er sie atemlos keuchen. Er biegt jetzt mit einem Hakenschlag rasch in eine dunklere Gasse und rennt immer weiter. »Es tut mir leid!«, tönt es noch einmal leise aus der Ferne. Dann ist er allein im nächtlichen Labyrinth von *Trastevere*.

# 23

David sitzt allein im Hotelzimmer. Er ist noch immer außer sich. Wie kann Julia sich diesem Idioten an den Hals werfen? Wie kann sie ihn küssen? Er begreift sie einfach nicht mehr.

Zum ersten Mal in all den Jahren, in denen Julia so viele Gelegenheiten zu Seitenblicken und zur Untreue hatte, spürt David wirklich Eifersucht. Und zwar gerade deshalb, weil Julias Verliebtheit so lächerlich ist und weil er selbst Julia nicht mehr begreift – und das heißt, weil Marc ihm Julias Vertrautheit stiehlt. Hätte Julia mit Jan eine Affäre, dann wäre das ein großer Schmerz – aber er könnte Julia trotz allem noch verstehen. Julia wäre immer noch Julia.

Aber wenn sie sich in diesen Hanswurst Marc verliebt, dann ist Julia nicht mehr die, als die er sie seit jeher gekannt hat – dann verschwindet die bekannte Julia, als wäre sie entführt worden. Wie kann es sein, dass ausgerechnet ein Hanswurst wie Marc ihre jahrzehntelange Vertrautheit ins Wanken bringt?

Aufgewühlt tritt er ans Fenster und schaut hinaus in die Dunkelheit und denkt plötzlich bitter: Aber es sind doch immer die Hanswurste, die die großen Reiche ins Wanken bringen! Von Nero bis Trump! Diese Stadt weiß das am besten! Mit all ihren verrückten Kaisern und Populisten! Der träumende Cäsar! Dieser Vollidiot!

\* \* \*

Es ist halb ein Uhr nachts. Julia ist noch immer nicht da und David beginnt, sich Sorgen zu machen. Er bereut, dass er Julia allein gelassen hat. Doch sie jetzt zu suchen, wäre sinnlos – er weiß nicht, welchen Weg sie nimmt, und würde sie mit Sicherheit verfehlen. Sie kann überall sein. So schaltet er trotz seiner Beunruhigung irgendwann den Laptop ein.

Nun schaut er auf dem Bildschirm zum x-ten Mal ein und dasselbe iStock-Video an. Vor schwarzem Grund sieht man eine vage Höhle aus weißen, fließenden Schatten. Und in dieser Höhle ist Bewegung: Dort vibriert ein unendlich zartes, filigranes Etwas. Ein winziger Körper aus weißen Schatten. Und in diesem fast nur geträumten Körper pulsiert ein dunkles, unfassbares Zentrum, doch so klein es ist, so rasch und kräftig ist sein Pulsieren. Und dieses Zentrum pulsiert weiter, auch wenn der kleine Körper, in dem es pulst, plötzlich ruckartig verrutscht. Und man sieht einen winzigen, feingezeichneten Schädelknochen aus weißen Strichen und man schaut dennoch durch diesen Schädel hindurch, als wäre man gleichzeitig draußen und drinnen. Und das Gewölbe dieses Schädels, das so klein ist und trotzdem größer als alles andere auf dem Bild, dreht sich plötzlich hin und her, wie Menschen sich im Schlaf herumwerfen, und man erkennt eine winzige Nase und winzige Lippen, die sich wie schmatzend bewegen. Wieder und wieder spielt David diese Szene ab, die nur Sekunden dauert. Er kann sich nicht sattsehen. Als er das Video – zum wievielten Mal? – anklickt, klopft es an der Tür.

Mit einem Ruck reißt er sich aus der Verzauberung hoch. Er geht zur Tür und öffnet. Julia steht vor ihm, bleich und erschöpft. Sie tritt ein und lässt ihre Tasche auf den Boden fallen. Dann schaut sie David an und spricht unvermittelt, als hätte sie die Sätze im Gehen lange vorausbedacht: »David, es tut mir leid! Ich weiß, ich bin zu weit gegangen. Wenn du denkst, ich liebe Marc nun, dann täuschst du dich. Mit Marc – das ist gar nichts. Das war nur der Wein. Und weil du mich in den letzten Tagen so völlig ignoriert hast und immer nur jungen Mädchen nachgeschaut hast. Verstehst du? Mit Marc ist absolut nichts. Glaubst du mir?«

David sagt: »Ja, ich glaube dir. Und ich weiß, dass ich in diesen letzten Tagen seltsam war ...«

Julia sagt: »Rom ist an allem schuld. Ich weiß nicht, warum. Ich begreife das alles nicht. Aber seit wir hier sind, ist unser Leben eine Katastrophe. Lass uns einfach abreisen!«

David beißt auf seine Lippe: »Julia, du hast recht. Ich verstehe alles, was du sagst. Aber gib mir noch zwei Tage in Rom!«

»Aber wozu?«, ruft sie verzweifelt »Ich kapiere einfach nicht, was du hier willst! Warum tun wir uns diese Qual an?«

David schaut zu Boden. Er weiß nicht, was er sagen soll. Muss er Julia jetzt endlich alles enthüllen? Aber wenn er sein Geheimnis preisgibt, dann ist es geschehen. Dann ist die Büchse der Pandora geöffnet und er kann sie nie mehr schließen. Er hat keine Ahnung, wie Julia auf seine Eröffnung reagieren wird. Schon gar nicht nach ihrem heutigen Statement gegen Kinder. Und erst recht in dieser aufgewühlten Stimmung. Wenn es schiefgeht, dann kann es sein, dass er mit seinem Geständnis ihre Beziehung zur Hölle macht – oder beendet. Er braucht Zeit. Er muss Julia langsam vorbereiten. Und er muss ihr sein Geheimnis in einer entspannteren Atmosphäre eröffnen.

Er sagt: »Julia, ich versteh dich vollkommen. Aber lass uns morgen über alles reden. Nicht in dieser Extremsituation. Wir sind beide todmüde und aufgeregt. Bitte. Sprechen wir morgen.«

Sie zuckt mit den Achseln und schüttelt hoffnungslos den Kopf. »Ich weiß wirklich nicht, was das bringen soll …«

»Bitte! Lass uns erst drüber schlafen.«

»Du willst jetzt wirklich einfach schlafen gehen?«

»Ja, vertrau mir bitte. Das ist das Beste. Morgen reden wir.«

»Okay. Auch wenn ich beim besten Willen nicht weiß, wie ich schlafen soll …«

»Selbst wenn wir nicht schlafen, ist morgen alles besser.«

»Wenn du meinst …«

Sie zuckt hoffnungslos mit den Achseln, streift ihre Sandalen ab, zieht ihr Kleid aus und hängt es über die Stuhllehne. Plötzlich fällt ihr Blick auf den Bildschirm des immer noch aufgeklappten Laptops.

»Was schaust du dir da denn für Videos an?«, fragt sie überrascht. »Embryos?«

»Ach, das hat mir nur einer meiner Autoren als Link geschickt – es geht um ein Buchcover …«

\* \* \*

Mitten in der Nacht schreckt David hoch. Irgendwie muss er doch in einen Sekundenschlaf gefallen sein. Es ist Julias Hand, die ihn geweckt hat. Im Dunklen tastet sie an ihm herum. Julia berührt und streichelt ihn, nun auch mit der anderen Hand. Plötzlich drängt sich ihr Körper an ihn, ihre Arme umschlingen ihn. Sie ist nackt und beginnt jetzt, an seinem T-Shirt zu zerren. Rasch streift er es ab und ebenso die Shorts. Julia legt sich auf ihn, und er spürt, dass ihr Gesicht nass ist.

»Julia!«, flüstert er. »Warum weinst du?«

Sie flüstert: »Ich bin nicht mehr ich und du bist nicht mehr du. Wir sind gar nicht mehr wir selbst. Und ich weiß nicht, warum.«

»Ja«, flüstert er. »Ja, du hast recht! Wir sind nicht mehr wir. Aber wir werden es bald wieder sein. Das verspreche ich dir.«

»Wirklich?«

»Ja.«

»Aber wie kannst du das wissen?«

»Ich weiß es, Julia. Ich verspreche es dir. Schon morgen sind wir wieder wir selbst.«

Da umklammert sie ihn. Blind und stumm pressen sie sich aneinander und lieben sich heftig und verzweifelt.

# 24

Und wieder fährt David empor. Diesmal aus tiefem, festem Schlaf. Er blinzelt verwirrt ins Licht. Es ist schon taghell. Das römische Morgenlicht flutet durchs Zimmer. Julia steht vor ihm, bereits fertig angekleidet. Er sagt: »Was ist?«
»Erschrick nicht«, sagt Julia. »Ich will mit dir sprechen.«
»Jetzt?« Er räuspert sich.
»Ja. Jetzt. Ich hab die ganze Nacht nachgedacht und ich versteh jetzt alles.«
David ist alarmiert und auf einen Schlag hellwach. Er setzt sich im Bett auf. Sein Herz schlägt wild.
»Was meinst du? Wieso …?«
»Lass mich einfach sprechen und hör mir zu«, sagt Julia. »Danach kannst du etwas sagen.«
»Okay.«
»Pass auf. Zwei Dinge waren es, weshalb ich heute Nacht schlagartig alles begriffen habe: Das Video, das du gestern angeschaut hast, mit dem Ultraschall eines Embryos – und der Witz von Carina, dass das eine Mädchen auf der *Aracoelitreppe* wie deine Tochter aussah …«
»Julia …«
»Nein, hör einfach zu. Ich habe plötzlich begriffen: Carina hat nicht ein Mädchen gesehen, das wie deine Tochter ausschaute, sondern sie hat in Wahrheit bemerkt, dass *du* das Mädchen gestern so angeschaut hast, als ob sie deine Tochter wäre. Deshalb kam sie auf den Gedanken. Und da fiel mir plötzlich die Mutter-Tochter-Geschichte von dir aus dem Bus ein. Und dann bemerkte ich im Rückblick auf einmal, dass es gar nicht stimmte, was ich die ganze Zeit gedacht hatte – du hast den jungen Mädchen hier in Rom nicht nachgestarrt, wie eben manche Männer in

mittleren Jahren das tun, sondern du hast sie angeschaut, wie ein Vater seine Tochter betrachtet. Und das Video gestern hat alle Zweifel verscheucht.

Ich verstehe jetzt endlich, was mit dir los ist: Du wünschst dir aus ganzer Seele ein Kind. Und zwar eine Tochter. Und du weißt, dass es bei mir mit Kindern nicht geklappt hat und dass es nun in meinem Alter aller Wahrscheinlichkeit nach nicht mehr klappen wird. Ich kann dir kein Kind schenken. Keine Tochter. Und damit wirst du nicht fertig. Und das ist auch der Grund, warum du so unbedingt und brennend nach Rom wolltest. Vor zehn Jahren, als wir noch hofften, wir würden vielleicht Kinder bekommen, habe ich in Rom zum ersten Mal die Pille abgesetzt. Und ich glaube, in deinem Unterbewusstsein erwartest du immer noch, dass wir in Rom ein Kind haben könnten.

Aber das ist vorbei, David. Ein für alle Mal vorbei. Und du musst dich entweder damit abfinden, mich ohne Kinder zu haben – oder du musst dir eine andere, jüngere Frau suchen, die dir noch eine Tochter auf die Welt bringen kann. Ich weiß nicht, wie viel dir selbst von alldem klar war – aber das ist die einzige Wahl, die du hast. Mich oder ein Kind.«

Als sie fertig ist, zittern ihre Lippen.

»Julia«, sagt David und greift nach ihrer Hand. Aber sie zieht sie zurück. Er schüttelt den Kopf und fährt sich durchs Haar: »Alles, was du gesagt hast, ist einerseits richtig, aber auch ganz falsch. Es hat so keinen Sinn mehr. Ich muss dir alles erklären. Warte. Ich mach mich erst fertig. Dann gehen wir zum Frühstück und ich erklär dir alles in Ruhe …«

»Gut«, sagt sie und greift nach ihrer Tasche. »Ich geh schon runter. Mach du dich in Ruhe fertig und komm dann nach.«

»Okay. Bis gleich.«

Sie antwortet nicht und geht stumm aus der Tür.

David atmet tief durch. Der Moment der Wahrheit ist gekommen. Ausweichen ist nicht mehr möglich. Er muss jetzt die richtigen Worte finden. Davon hängt alles ab. Ob er es schafft, dass Julia seine Tochter Zoe nicht als Bedrohung empfindet, sondern sie irgendwie annehmen kann. Wird das gelingen?

David ist klar, dass er erst einmal geistig in Hochform kommen muss und dass er all seine Kräfte brauchen wird. Er hievt sich aus den Kissen empor und wankt ins Bad. Mit nacktem Fuß tritt er auf einen Zettel. Verwundert hebt er ihn auf und liest: *Ich nehme den Zug nach München. Wenn du dich für mich entscheidest, komm nach.*

Er läuft ins Zimmer zurück und blickt sich um. Tatsächlich – Julias Sachen sind verschwunden! Er reißt die Tür auf: Der Gang ist leer. Man hört nur das Geräusch eines Staubsaugers. Hastig zieht er seine Jeans an und schlüpft in seine Schuhe. Dann rennt er die Treppe hinab zur Rezeption und hinaus auf die Straße. Dort dreht er sich im Kreis. Keine Spur. Julia ist fort.

\* \* \*

David sitzt im Hotelzimmer auf dem Bett und starrt reglos vor sich hin. Er fühlt sich wie ein eingefrorener Computer. Zu viele Dinge laufen in seinem Kopf gleichzeitig ab. Was soll ich tun, denkt er immer wieder. Was kann ich tun? Eine Stimme in ihm schreit: Julia sofort hinterher! Den nächsten Zug nach München! Erklär ihr alles! Eine andere Stimme schreit: Such zuerst Zoe! *Via dei Coronari! Pantheon! Fontana di Trevi! Spanische Treppe!* Sofort! Das ist deine letzte Chance! Dann kannst du Julia immer noch nachreisen!

In dem Moment hört er ein kurzes Klopfen – er fährt herum und starrt auf die Tür, die sich gleich darauf zögernd öffnet. Schon fasst er Hoffnung. Doch nicht Julias Kopf erscheint, sondern der Kopf des Zimmermädchens. Sie erschrickt ebenso wie er, ruft »*Ah, scusi!*« und schlägt die Tür wieder zu.

David springt auf. »*Nessun problema!*«, ruft er der Frau hinterher. Doch so unbedeutend das Ereignis war – es hat ihn aus seiner Schockstarre geweckt. Er weiß nun, was er tun muss. Rasch schaltet er sein Handy ein. Dann tippt er eine Nachricht an Julia: *Ich liebe dich! Warte auf mich! Ich komme nach München!* und drückt auf Senden. Nein, er hat nicht vor, in den nächsten Zug zu springen. Aber Julia weiß nun wenigstens, dass er kommen will. Selbst wenn er morgen nicht in München erscheint, wird sie nicht gleich die Wohnung verlassen. So hofft er. Und ihm gibt das noch vierundzwanzig Stunden, um nach Zoe zu suchen.

# 25

Es ist kurz nach zehn. David eilt bereits zum dritten Mal in großen Schritten die *Via dei Coronari* hinauf und dann wieder hinab. Sonst ist er hier immer gemächlich mit Julia geschlendert, die jetzt nach München geflohen ist. Er mag diese enge Straße, die eigentlich gar keine Straße ist, sondern nur eine breitere Gasse für Fußgänger, schattig und mit Kopfsteinpflaster. Selbst bei großer Hitze kann man es hier gut aushalten. Es gibt teure Restaurants und Imbissbuden, Antiquitätengeschäfte und Läden für abgefahrene Mode, kleine Eisdielen und Supermärkte, umrankte Spaliere und verträumte Treppchen.

Heute aber hat er keine Zeit für Seitenblicke. Er muss die Augen aufhalten, um die Mädchen nicht zu verpassen. Zum Glück ist dieses Sträßchen, selbst wenn es dicht bevölkert ist, gut überschaubar. Im Grunde kann er Zoe nicht verfehlen. Es wäre sogar sinnvoller, einfach am Beginn der *Via dei Coronari* zu warten, statt ständig auf und ab zu rennen – aber seine innere Unruhe ist zu groß.

Obwohl es noch früh ist, meldet sich wieder die Furcht: Sind die vier Freundinnen doch schon gestern zu ihrer Besichtigungstour aufgebrochen? Haben sie all diese Orte bereits besucht, als er noch gestern mit Julia diesem aufgeblasenen Esel Marc hinterhertrabte? Wie konnte er nur so dämlich sein, seine Zeit damit zu vergeuden! Er hätte Marc gleich vom *Tarpejischen Felsen* stürzen sollen! Aber für Reue ist es zu spät. Alles, was ihm nun noch bleibt, ist, hier zu warten und zu hoffen und zu beten, dass der Zufall oder das Schicksal oder das wundertätige Jesuskind von *Aracoeli* ihm hilft.

Plötzlich fällt ihm Julia ein. Sie sitzt jetzt im Zug und rast in Richtung München durch die Toskana oder ist schon wer weiß wo. Er sieht sie an ihrem Platz sitzen. Den Kopf mit dem Kometenschweif an die Scheibe gelehnt. Marc konnte das Bild nicht zerstören. Sie blickt – wie? Ernst? Melancholisch? Traurig? Verzweifelt? Er weiß nicht, in welcher Verfassung sie sich gerade befindet. Hat die Zugfahrt sie wieder beruhigt? Scheint ihr die Flucht nun selbst übertrieben? Unterhält sie sich vielleicht sogar gerade lachend mit einer Reisebekanntschaft? Oder ist es umgekehrt? Wird ihr mit jedem Kilometer, den sie weiter von ihm entfernt ist, die Trennung klarer? Kommt ihr der Abschied von ihm nun endgültig vor?

David hat nicht die leiseste Ahnung. In ihrer ganzen Beziehung hat es nie etwas Vergleichbares gegeben. Julia hatte recht mit dem, was sie gestern Nacht gesagt oder geflüstert hat: Sie ist im Moment eine völlig andere Julia als bisher. So wie ja auch er selbst ein völlig anderer David ist. Alle bisherigen Regeln zwischen ihnen gelten derzeit nicht mehr. Es herrscht Ausnahmezustand. Über ihre Stimmung wagt er keine Prognose.

Doch wie auch immer – sein Entschluss steht fest: Morgen muss er nach München zurück und Julia wiedergewinnen und ihr die ganze Wahrheit enthüllen. Und er ist sicher, es wird ihm gelingen, wenn er nur sanft und geduldig und vernünftig mit ihr spricht – denn das ist das Wichtigste, Julia die Angst zu nehmen … Sie muss begreifen, dass Zoe keine Bedrohung für sie darstellt …

Und kann das denn so schwer sein? Zoe ist ja kein strampelnder Säugling, den er bei einem Seitensprung mit einer jugendlichen Geliebten gezeugt hat. Sie ist eine junge Frau, lang vor seiner Beziehung mit Julia geboren, eine fast erwachsene Tochter, von deren Existenz er nichts wissen konnte – und ihre Mutter Carla ist die Letzte, auf die Julia eifersüchtig sein müsste. All das sollte Julias Ängste beruhigen.

Am besten appelliert er an die Vertrauenslehrerin in ihr. Zoe als Problemschülerin, die man aufbauen muss. Das ist doch genau Julias Klientel! Depressionen, Essstörungen, Psycho-Mutter. Was will sie mehr! Wenn das keine Herausforderung für Julia ist! Dazu die hochtalentierte Geigerin, die ihre Geige verbannt hat. Wer weiß, ob Julia die schlummernde Leidenschaft in Zoe nicht wiederzuerwecken vermag? Vielleicht kann sie sie sogar in ihre Jazz-Band aufnehmen? Für eine Spitzengeigerin ist das wahrscheinlich eine grobe Unterforderung. Aber zum Spaß? Am Ende stehen die beiden noch Seite an Seite auf der Bühne als Julia & Zoe-Band und rocken gemeinsam das Sommerfest in der Schule ... Okay, denkt David. Übertreib's nicht! Erträum dir nicht zu viel! Sei froh, wenn ...

Da erstarrt er mit einem Ruck. Bei einem Geschäft, keine fünf Meter von ihm entfernt, hängen an einem Gitter mehrere Schuhe und in jedem Schuh wächst ein Kaktus. Vor den Schuhen aber stehen lachend und deutend und schwatzend: Lea, Stella, Chiara – und Zoe.

Für einen Augenblick ist David wie aus der Wirklichkeit gefallen. Er starrt eher schockiert als erfreut. Wieso schockiert? Wo er doch nichts sehnlicher gewünscht und erfleht hat! Er war einfach so sehr auf seinen Wunsch konzentriert, dass er mit dessen Erfüllung schon gar nicht mehr gerechnet hatte.

Jetzt trifft es ihn unvorbereitet. Er weiß im Moment gar nicht, was er unternehmen soll. Die *Via* ist zu eng. Er kann nicht lange verborgen bleiben. Noch sind die Mädchen beschäftigt. Nach den Schuhen schauen sie sich nun irgendwelche Kleidungsstücke in den Auslagen an, die ihnen zu gefallen scheinen. Aber schon in der nächsten Sekunde könnten sie sich umdrehen und ihn erblicken – und vielleicht sogar wiedererkennen.

Im spontanen Impuls, sich zu verbergen, tritt David einfach in den nächstbesten Laden. Erst als er drinnen steht, bemerkt er, wie seltsam das Geschäft ist. Es scheint sich um eine Art Vertrieb für antike Militaria zu handeln. Überall ringsum sieht man prächtige blaue und rote Uniformen, goldbetresst und mit breiten Epauletten. Helme mit riesigen Federbüschen. Kappen und Mützen beider Weltkriege. Samurairüstungen. Aufgereihte Orden. Von der Decke schweben an Nylonfäden deutsche Militärflugzeuge. In Vitrinen sind Zinn- und Gipssoldaten aller Zeiten und Nationen in Marschformation aufgebaut. Römische Legionäre und Napoleonische Truppen, britische Soldaten mit Bärenfellmützen und Einheiten des Afrika Corps. Sogar einen winzigen Feldmarschall Rommel sieht man.

Sofort erscheint der Besitzer des kleinen Ladens und fragt David nach seinen Wünschen. Im Hintergrund erhebt sich dazu wie als Assistent ein weißes, struppiges Hündchen und wedelt mit dem Schwanz. David macht, leicht verwirrt, durch ein paar gestammelte Worte klar, dass er sich nur umschauen will, worauf der Inhaber sich mit höflicher Verneigung ein Stück zurückzieht.

David wendet sich einem großen Glaskasten voller Orden zu, der in der Nähe der Tür aufgestellt ist. So kann er beim gespielten Betrachten der diversen Medaillen und Kreuze gleichzeitig immer wieder auf die Straße spähen. Obendrein muss er sich erst einmal beruhigen – all seine gestrigen Überlegungen waren also keine Hirngespinste! Er hat recht gehabt! Was für ein Triumph!

Die Mädchen scheinen jetzt mit dem Schuh- und Modegeschäft fertig zu sein und schlendern munter am Militaria-Laden vorbei. Lea geht ein Stück voraus. Ihr blauer Schopf leuchtet vor dem Schaufenster auf und verschwindet. Stella und Chiara folgen und unterhalten sich gerade lebhaft über etwas. Er hört noch den Satzfetzen:» … und dann stellt dieser Mistkerl in der Klausur eine völlig andere Aufgabe.« Beide Mädchen lachen.

Mit etwas Abstand kommt als Letzte Zoe hinterher. David sieht sie durch die Scheibe ganz nah an sich vorübergehen. Plötzlich bleibt sie stehen, dicht vor ihm, nimmt ihren orangen Rucksack ab und stellt ihn aufs Pflaster. Sie öffnet ihn, kramt etwas darin herum und zieht schließlich einen Fächer heraus. Nachdem sie den Rucksack wieder verschlossen und die Riemen auf die Schultern genommen hat, klappt sie den Fächer auf, der ein Muster aus großen roten Blumen zeigt, und fächelt sich zu, dass ihre feinen Nackenhaare wehen. Dieser Moment der intimen Nähe erfüllt David mit Rührung.

Meine Tochter, denkt er. Plötzlich überkommt ihn ein Gefühl, als wäre er ein Toter oder ein Engel, der Zoe unsichtbar aus dem Jenseits beobachtet. Absolute Nähe bei größter Distanz. Ein Zustand, der beglückend ist – und zugleich kaum auszuhalten. Zwischen ihnen liegt eine Glasscheibe, die zwei Welten trennt. Und David weiß nicht, wie er die Scheibe je beseitigen soll.

Da entdeckt er am Unterarm der fächelnden Hand einen längeren verschorften Kratzer, der ihn beunruhigt. Hat Zoe sich irgendwo verletzt? Oder ritzt sie sich? Schon geht sie weiter und der Augenblick ist vorbei.

# 26

David fühlt den heftigen Wunsch, Zoe gleich hinterherzulaufen. Aber er bezähmt sich. Wenn er den vieren jetzt über eine weitere Strecke folgen will, womöglich den ganzen Tag lang, muss er sehr vorsichtig sein. Besser, er lässt den Mädchen erst einmal Vorsprung. Es sollen zwischen sie und ihn ruhig einige Passanten treten, in deren Schutz er sich ohne die Gefahr der Entdeckung zu bewegen vermag. Er kann Zoe ja jetzt nicht mehr verlieren. Ihr erstes Ziel ist das *Pantheon*, zu dem man von hier aus am einfachsten gelangt, indem man anfangs immer der *Via dei Coronari* folgt, dann rechts zur *Piazza Navona* hinüberschwenkt, den Platz überquert und von dort durch eine Reihe von Gassen fast geradewegs zur *Piazza della Rotonda* vorstößt.

Nach einer von ihm als angemessen empfundenen Wartezeit nickt David dem Ladenbesitzer entschuldigend zu und tritt auf die Gasse hinaus. Der kleine weiße Hund gibt noch einen enttäuschten Laut von sich.

Draußen schaut David vorsichtig das Sträßchen entlang. Die Mädchen sind nicht mehr zu sehen. Das beunruhigt ihn nicht. Er kennt ja ihren Weg. Trotzdem läuft er nun in großen Schritten die *Via dei Coronari* entlang und drängt sich an den gegen Mittag immer dichteren Scharen der Spazierenden vorbei. Plötzlich versperrt ihm eine amerikanische Touristengruppe den Weg. Eine Führerin mit Strohhut und einem Fähnchen in der Hand erklärt gerade etwas. Sie bemerkt den Stau, den sie verursacht hat, ruft *Oooops!* und versucht auf launige Weise ihre Gefolgschaft zur Seite zu dirigieren. Doch als David endlich aus dem Menschenknäuel herausgefunden hat, sieht er bis zum Ende der Gasse – und die Mädchen sind weg.

Wieder sagt er sich: Keine Sorge! Sie müssen schon nach rechts abgebogen sein. Rasch eilt er weiter und biegt dann ebenfalls neben einem großen Tonkübel mit einer mannshohen Palme ins *Vicolo di Febo* ein. Er läuft an einem schön mit Glyzinien bewachsenen Hotel vorbei und schwenkt dann scharf links neben einer kleinen Kirche in eine winzige Gasse. Schon steht er auf der *Piazza Navona*, die im vollen Mittagslicht prangt mit ihren drei rauschenden und flimmernden Brunnen. Doch wie er den Kopf auch dreht und wendet – keine Spur von den Mädchen! Waren sie so schnell? Oder haben sie doch einen anderen Weg eingeschlagen?

Dann fällt ihm ein: Sie könnten auch in einem der vielen Cafés um den Platz sitzen. Auf den ersten Blick sieht er sie nirgends. Wahrscheinlich sind die Cafés ihnen ohnehin zu teuer. Wie auch immer: Am besten läuft er einfach weiter in Richtung *Pantheon*. Entweder holt er sie irgendwo unterwegs ein – oder er trifft dann dort auf sie.

Zielstrebig durchmisst er den Platz, dabei immer wieder ringsum die Gesichter der Café-Besucher mit dem Blick überfliegend. Er biegt links ein, hastet durch eine kleine Gasse, überquert dann eine breite Straße auf einem Zebrastreifen und findet sich in der schattigen *Via del Salvatore* wieder, in der sich zu dieser Stunde schon ein träger Touristenstrom in Richtung *Pantheon* wälzt. David schlängelt sich, so flink er kann, hindurch und merkt dabei, wie ihm der Schweiß ausbricht. Plötzlich muss er scharf stoppen. Fast hätte er ein kleines Mädchen umgerannt, das seine Eiskugel aus der Waffel verloren hat und sich abrupt vor ihm bückt. Die Mutter schreit auf und zieht ihr Kind rasch an sich, David mit vorwurfsvollem Blick messend. Er ruft nur »Sorry!« und rennt weiter.

Im Laufen fragt er sich plötzlich: Was mache ich da? Ich trample in meiner Besessenheit fast eine Fünfjährige über den Haufen. Ich benehme mich wie ein Spion, der um jeden Preis seine Zielperson Zoe verfolgt. Ohne Rücksicht auf Verluste. Ist das nicht krank? Woher nehme ich überhaupt das Recht?

Aber dann denkt er: Für Zweifel ist es zu spät. Ich habe keine Wahl. Auch wenn ich noch nicht weiß, was aus alldem wird – ich darf Zoe nicht verlieren. Sonst finde ich sie nicht mehr. Ich habe das Recht des Vaters, der seine Tochter sucht. So rast er weiter. Vorbei an der weißen Kirche *San Luigi dei Francesi* und vorbei an einem grünen Wachhäuschen, in dem ein Carabiniere sitzt, taucht er in die *Via Giustiniani* und hetzt diese mit keuchendem Atem entlang, bis sie sich öffnet auf die *Piazza della Rotonda*. Er steht vor dem *Pantheon*.

Kurz muss er sich an eine Mauer lehnen, weil ihm das Bild vor Augen verschwimmt. Er ist nicht in Übung für einen Marathonlauf quer durch Rom. Als er wieder zu Atem gekommen ist, schaut er sich auf dem Platz um. Ziellos läuft er kreuz und quer.

Er presst sich in einer Schlange ins *Pantheon* hinein – ohne den Bau, den er sonst so liebt, überhaupt eines Blickes zu würdigen – und starrt wild umher in alle Gesichter. Eine junge Frau, die sich durch sein Starren belästigt fühlt, zieht eine Fratze und streckt ihm die Zunge heraus. Er spürt selbst, dass er wie ein Verrückter wirkt, doch er kann es nicht ändern. Rasch drängt er wieder ins Freie. Aber das nützt nichts. Nirgends ist Zoe. Und nirgends eine ihrer Freundinnen.

Zum ersten Mal an diesem Morgen befällt ihn nun doch Panik. Hat er einen Riesenfehler begangen, als er den Mädchen so großen Vorsprung ließ? Wo können sie sein? Ist er an ihnen vorbeigelaufen? Oder noch schlimmer: Haben sie ihr Ziel geändert? Hat er seine letzte Chance verschenkt?

Das Verfluchte an der ganzen Situation ist, dass er in diesen Menschenmassen nicht einmal sicher sein kann, dass die Mädchen nicht doch hier irgendwo auf dem Platz stehen oder in einer Bar sitzen. Vielleicht nur ein paar Meter von ihm entfernt. Nichts ist sicher. Was also tun? Er muss überlegen. Blinder Eifer nützt nichts. So weitermachen und wild herumrennen, kann er nicht. Er spürt, dass er mit seinen Kräften bald am Ende ist. Also haushalten mit dem letzten Rest an Energie.

Was ist logisch betrachtet das Beste? Sich einfach hier in ein Café setzen? Abwarten, ob sie auf Umwegen doch noch kommen? Ja, das ist vermutlich das Vernünftigste. Tatsächlich steht David gerade direkt vor einem Café und lässt sich nun auf den erstbesten freien Stuhl fallen. Ein heiterer Ober kommt sofort angetänzelt, dem er zuruft: »*Un caffè, per favore!*« Doch noch bevor der Mann mit komischer Verneigung und übertriebener Beflissenheit die Bestellung ausführen kann, springt David jäh wieder von seinem Platz auf, winkt ab und rennt los.

Soeben ist ihm ein Gedankenblitz gekommen. Nur eine Intuition. Hirnverbrannt vielleicht. Aber er kann nicht anders, als dieser Idee zu folgen. Auch wenn sie ihn die letzten Kraftreserven kostet. So rennt er jetzt die *Via Giustiniani* wieder zurück, kommt schwer atmend bei dem grünen Polizeihäuschen heraus und geht auf die weiße Kirche zu, an der er vorhin achtlos vorbeigelaufen ist. Seine Idee: Die Mädchen sind keine Kultur-Banausen. Sie waren im *Kapitolinischen Museum*. Warum sollten sie hier nicht einen kurzen Stopp für die Caravaggios einlegen, die jeder Reiseführer und auch Google wärmstens empfiehlt?

# 27

Mit großen Schritten steigt er die Treppe hinauf und tritt ins Kirchendunkel. Und ja! Da sind sie! Zoe und ihre Freundinnen! Er atmet so tief auf, dass ein kleiner Junge ihn erschrocken anschaut. Im selben Atemzug wird David klar, wie idiotisch es war, hierher zu rennen – er hätte die vier ebenso in aller Gemütsruhe bei einem Espresso am Pantheon erwarten können, wenn er nur etwas länger die Nerven behalten hätte. Aber das spielt nun keine Rolle mehr. Er hat sie gefunden. Und diesmal wird er sie nicht wieder verlieren. Um keinen Preis! Rasch weicht er ein Stück weit ins Seitenschiff aus, um ungestört beobachten zu können.

Die Mädchen stehen eng beisammen und scheinen gerade Ärger zu haben. Eine junge Frau, die eine Art Ordnerin ist, hat sie wohl – wie in italienischen Kirchen üblich – wegen ihrer nackten Schultern zurechtgewiesen, weshalb sie jetzt alle etwas belämmert und leise kichernd Pullis hervorkramen und überziehen. Dann stecken sie die Köpfe zusammen und beraten sich in Flüsterton. Die Ordnerin, die errät, was sie besprechen, deutet nur nach links vorne und sagt streng: »Caravaggio!«

David sieht, wie die vier dann – zu eilig und zu geräuschvoll für Kirchenbesucher – nach vorne marschieren, wo schon ein paar Touristen stehen, und nach links oben in die Seitenkapelle emporstarren, in der die Caravaggios recht unspektakulär hängen. Plötzlich macht es laut *Klack* und die Beleuchtung der Kapelle erlischt. Irgendwer kramt einen Euro hervor und wirft ihn in einen schwarzen Blechkasten, der neben der Kapelle hängt, worauf das Licht mit demselben *Klack* wieder anspringt – für die nächsten zwei Minuten. Aber bevor das Licht erlischt, sind

Lea, Stella und Chiara schon fertig mit den Bildern und gehen eilends wieder in Richtung Ausgang.

Nur Zoe verharrt noch und schaut empor. David sieht ihr ernstes Profil und versucht an ihrer Körperhaltung und ihrem Gesicht zu erraten, welches Bild sie gerade anschaut. Ist es die *Berufung des Hl. Matthäus?* Und deutet der Finger Christi gerade auf Zoe? Da macht es *Klack*, es wird dunkel und diesmal hat keiner eine Münze.

Zoe dreht sich zögernd um und geht zu ihren Freundinnen, die hinten am Ausgang auf sie gewartet haben. Alle sind im Begriff, die Kirche zu verlassen, und David will ihnen schnell folgen, da bleibt Lea überraschend als Einzige drinnen stehen und zieht ihr Smartphone hervor. Vielleicht hat sie eine Nachricht empfangen? Sie beginnt jetzt jedenfalls selbst eifrig etwas zu tippen – und solange sie da steht, ist David der Weg versperrt. Ungeduldig schaut er ihr zu. Nach einer ganzen Weile schiebt sie das Handy wieder weg und spaziert nun rasch zum Ausgang. David folgt langsam.

Doch als er ins Freie treten will, weicht er sofort wieder zurück, denn direkt vor der Tür steht die Mädchengruppe. Vom Windfang aus hört David Leas Stimme: »Und wo ist Zoe jetzt schon wieder hin?«

»Ach, die sagt, sie hat Kopfweh. Die ist in die Wohnung gegangen.«

»Oh Mann! Die hat echt ständig was anderes.«

»Aber heut Abend auf der *Spanischen Treppe* will sie wieder dabei sein.«

»Na wow! Ich glaub kein Wort.«

»Nein, echt. Die *Spanische Treppe* findet sie mega.«

\* \* \*

Erst als Lea, Stella und Chiara langsam über die Kirchenstufen hinabgestiegen und dann lebhaft schwatzend in der *Via Giustiniani* verschwunden sind, kommt David aus der Kirche. Er blickt noch ringsum, aber Zoe ist natürlich längst nicht mehr da. Doch das macht auch nichts. Eine Verfolgungsjagd über einen vollen Tag hätte er eh nicht mehr durchgehalten.

David hat nun einen einfachen Plan: Fürs Erste nur Ausruhen, irgendwo was essen und trinken, um sich zu stärken – und ab dem späten Nachmittag zur *Piazza di Spagna*. Zuversicht erfasst ihn. Er weiß nicht weshalb.

Aber als er die Treppe hinabsteigt – nicht geradeaus, wie die drei Mädchen, sondern nach rechts, um in Richtung der *Piazza Navona* zu schlendern – tritt er fast auf einen Gegenstand, den er auf den ersten Blick erkennt. Er bückt sich rasch danach und was er aufhebt, öffnet sich in seiner Hand zu Zoes Fächer mit den großen roten Blumen. Blühender Klatschmohn.

# 28

Es ist früher Nachmittag. David sitzt vor einer Bar an der *Piazza Navona*. Ganz unvermittelt befindet er sich nach diesen durchrasten Tagen in einem seltsamen Zustand der Windstille. Er hat einen Panino gegessen und Mineralwasser und Kaffee getrunken. Jetzt blickt er sich ruhig auf dem Platz um und betrachtet die Flanierenden so gelassen, wie er es seit seiner Ankunft in Rom nicht mehr getan hat. Sein Blick scannt nicht. David ist nicht mehr besessen davon, das *eine* Gesicht wiederzuerkennen. Er sieht die Gesichter, die in der Menge erscheinen, als die stillen Geheimnisse, die fremde Gesichter eben sind. Fast wie Gemälde in einer Galerie betrachtet er sie. Interesseloses Wohlgefallen. Denn er weiß – es gibt nichts wiederzuerkennen. Julia sitzt noch im Zug nach München, Zoe ruht sich irgendwo in einer fremden Wohnung aus. Beide sind für ihn unerreichbar. So kann und muss er nichts tun.

Gut, er hat vorhin einen Blick auf WhatsApp geworfen. Zwei blaue Haken. Julia hat seine Nachricht bekommen und gelesen, aber nicht beantwortet. Jetzt noch eine Nachricht hinterherzuschicken, ohne Neues sagen zu können, wäre sinnlos. Eher schädlich. Besser einfach abwarten. Das wirkte sonst, als wollte er seine Zusage, zu kommen, irgendwie erläutern. Und wer wartet, empfindet jede Erläuterung als Abschwächung der Zusage. Solange Julia im Zug sitzt, kann sie ihn nicht erwarten. Wann wird sie in München sein? Je nachdem, welchen Zug sie erreicht hat, zwischen sieben und zehn Uhr abends. Erst wenn sie in der Wohnung angekommen ist, läuft gewissermaßen die Wartezeit. Bis dahin hat er Luft.

Ja, er weiß, er hat Julia in letzter Zeit Ungeheures zugemutet. Zumal sie den wahren Grund ja nicht ahnen kann. Oder ahnt, aber falsch interpretiert. Sobald das hier in Rom erledigt ist, wird er zurück nach München rasen und sie in seine Arme schließen und alles gutmachen.

Sobald das in Rom erledigt ist. Aber was heißt *das in Rom*? Und was heißt *erledigt*?

David muss sich eingestehen: Er weiß es selbst nicht. Er hat keinen Plan. Er vertraut auf das Schicksal. Wenn der rechte Augenblick da ist, wird er auch wissen, was zu tun ist. Alles, was er tun muss, ist, dem rechten Augenblick eine Chance zu geben. Dem *Kairos*, wie die alten Griechen das nannten. Tröstlich, dass die Griechen ein Wort dafür hatten, das es bei uns nicht gibt. Die Tatsache, dass eine große, tiefe, gewaltige Sprache existiert, die so sehr an den *Kairos* glaubte, macht ihm Mut.

Er zieht aus seiner Hosentasche Zoes Fächer, den ihm ein Zufall in die Hände gespielt hat, und öffnet ihn. Große rote Klatschmohnblüten. So stellt er sich das vor, das Aufblühen des *Kairos*.

Plötzlich hat er ein schlechtes Gewissen. Darf er das? Zoes Fächer einfach so in der Hand halten? Mit ihm herumspielen? Die Blumen anschauen? Ja, sie hat ihn verloren und er will ihn ihr zurückbringen. Dagegen ist nichts einzuwenden. Aber wie er jetzt damit umgeht und ihn betrachtet – ist das nicht zu intim? Fast so, als ob man das Tagebuch der Tochter liest? Nein, vielleicht nicht ganz so schlimm. Und trotzdem. Das ist Zoes Fächer. Und niemand darf ihn öffnen, niemand darf die Klatschmohnblüten sehen – außer Zoe. Warum tut er es dann? Weil er ihr nahe sein möchte. Weil er so große Sehnsucht nach ihr hat. Aber wenn man jemandem nahe sein will, ohne dass dieser es weiß, ist das erlaubt –?

Wieder fühlt er sich unwohl mit dieser geheimen Intimität, die ja sozusagen eine gestohlene Intimität ist. Ist er schon ein schlechter Vater, noch bevor er überhaupt ein Vater ist?

Ja, er kann es nicht leugnen. Diese besessenen Stunden in Rom haben ihn in einen Privatdetektiv oder Spion verwandelt. Aus besten Motiven – und dennoch: Ist das nicht bei jedem Spion so, dass sich die Sache verselbstständigt? Wann wird aus einem berechtigten Anliegen plötzlich Obsession? Sogar Sucht? Okay. Das muss ein Ende haben. Er sieht es ein. Sobald er Zoe gefunden und irgendwie mit ihr gesprochen hat, wird er damit aufhören. Er schwört es sich hoch und heilig. Obwohl es vielleicht kein gutes Zeichen ist, dass er sich das schwören muss. Wie ein Alkoholiker schwört: Ab morgen keinen Tropfen mehr.

Schon gut, schon gut, sagt er sich. Jetzt sei nicht so dramatisch! Auch nicht in der Selbstanklage. Alles, was du dir wünschst, ist ja eine ganz normale, ganz alltägliche Vater-Tochter-Beziehung. Mit Zoe ein Eis essen. Über ihre Seminararbeit plaudern. Ihr beim Aufbauen eines Schrankes helfen. So etwas.

Aber wird das überhaupt möglich sein? Wie lebt Zoe? Vaterlos? Oder hat sie einen Ziehvater, den sie für ihren leiblichen Vater hält und liebt? Weiß oder ahnt sie, dass es noch einen anderen Vater geben kann? Vermisst sie ihn – ob wissentlich oder insgeheim – oder fehlt ihr gar nichts? Oder empfände sie ihn sogar als Bedrohung?

Es kann sein, dass er irgendwann erkennen muss, dass er in Zoes Leben nur ein Störfaktor wäre – dann muss er sich als guter Vater einfach in Luft auflösen. Und dazu ist er auch bereit, so unendlich schmerzhaft es wäre.

Aber andererseits: Zoes Leben scheint nicht gut zu laufen. Sie hat Probleme. Irgendetwas macht sie unglücklich. Wäre seine Aufgabe dann nicht, ihr zu helfen?

Und schließlich gibt es ja noch die Möglichkeit, dass er sie irgendwie kennenlernen und sich mit ihr anfreunden könnte, ohne dass sie überhaupt erfahren müsste, dass er ihr Vater ist. Oder ist so etwas unrealistisch? Geschieht das nur in Seifenopern? Es käme auf den *Kairos* an. Ja, alles hängt am *Kairos*.

# 29

Plötzlich fällt ihm wieder Emanuela Orlandi ein, die vor vierzig Jahren hier irgendwo in der Nähe der *Piazza Navona* nach der Flötenstunde verschwunden ist. Vielleicht läuft gerade jetzt ihr Bruder durch die Menge und sucht nach ihr und blickt so besessen in alle Gesichter, wie er selbst das in den letzten beiden Tagen getan hat. Nur dass der Bruder das seit vierzig Jahren tut. Unvorstellbar! Vierzig Jahre zu suchen! Und nicht nur zu suchen, sondern mit solcher Leidenschaft zu suchen, wie er selbst nach Zoe sucht! Wie verändert das einen Menschen? Und wie verändert das seinen Blick? Kann man überhaupt so lange mit solcher Leidenschaft suchen? Oder wird die Suche nach und nach zum bloßen Habitus, zu einem Zwangsverhalten, während der Mensch im tiefsten Inneren längst jede Hoffnung aufgegeben hat? Oder ist das wiederum nur ein Gedanke, mit dem der Normalbürger sich tröstet, um das Ausmaß solchen Leides nicht an sich heranzulassen?

Doch was wäre, wenn der Bruder Emanuela nun im nächsten Augenblick tatsächlich träfe? Dieses unfassbare, mit Worten nicht aussprechbare Glück des Wiedersehens! Welch ein Moment! Der Himmel!

Aber dann? Wenn der eine Augenblick der Glückseligkeit vorüber wäre? Wenn der Alltag des Glücks begönne? Wäre die wiedergefundene Schwester dem Bruder nicht nach all den Jahren ganz fremd? Wollte sie überhaupt noch mit ihrem früheren Ich zu tun haben? Müsste er sie nicht ebenso neu kennenlernen wie David Zoe? Fast scheint es David, dass er es mit der unbekannten Zoe leichter hat, als der Bruder es mit seiner wiedergefundenen Schwester hätte ...

Während David noch diesen Gedanken nachhängt, streift sein

Blick zwei Gestalten, die er verblüfft erkennt. Marc und Carina! Nur drei Tische von ihm entfernt. Sie haben ihn noch nicht entdeckt, da sie ein Stück weiter vorne sitzen, dem Platz zugewandt und mit den Rücken zu ihm.

Seltsam, denkt David. Dass ich ausgerechnet jetzt über Emanuela Orlandi nachsinne, während die beiden hier erscheinen. Oder ist es umgekehrt: Habe ich die zwei schon unbewusst wahrgenommen und eben deshalb an das Vatikan-Mädchen gedacht?

Jedenfalls sitzen da vorne Marc und Carina und unterhalten sich leise miteinander. Ihnen werden gerade zwei Gläser Weißwein, eine Schale mit Chips und eine mit Oliven serviert. Nun prosten sie sich zu. David findet es merkwürdig, unversehens die beiden zu beobachten. Er fühlt sich wie ein Privatdetektiv, der in seiner Freizeit nicht abschalten kann und jetzt einfach irgendwelche Leute am Nebentisch observiert. Auch wenn es da gar nichts zu beobachten gibt.

In dem Moment kommt Bewegung in die Sache. Denn Marc und Carina haben soeben einem Paar an ihrem Nebentisch zugetrunken, und Marc beginnt schon wieder, eindringlich auf die beiden Fremden einzuschwatzen. David erlebt das wie ein Déjàvu. Als säßen da vorne Julia und er selbst. Genauso spielt sich die Szene ab. Es scheint sogar, dass Marc fast dieselben Worte gebraucht wie bei ihnen. David hört gerade den Satz: »Eigentlich bin ich Römer.« Die Frau am Nebentisch lacht, während der Mann eher reserviert blickt. Nach einer Weile werden die Tische zusammengeschoben und Marc bestellt mit großer Geste noch eine Runde für sie vier.

Und plötzlich wird David klar: Marc und Carina sind ebenso ständig auf der Suche wie er hier in Rom. Ja, sie sind genauso besessene Sucher. Doch sie suchen nicht nach einem bestimmten Menschen, sondern nach einem Muster. Einer Konstellation. Sie suchen gezielt Paare in ihrem Alter. Julias und Davids. Das ist ihre Besessenheit. Doch warum tun sie das? Aus Langeweile? Aus Einsamkeit zu zweit? Und was ist ihr Ziel? Macht Marc sich an jede Frau heran? Und was ist Carinas Rolle dabei? Wie geht das alles aus, wenn man nicht wie David das Spiel zerstört?

Läuft das Ganze am Ende auf einen Partnertausch hinaus? Das würde erklären, warum Carina dem Treiben ihres Mannes und dessen Herumgeflirte mit Julia so gelassen, ja, belustigt zugeschaut hat. Fast als wollte sie es befördern. Und tatsächlich hat Carina sich, wie David im Rückblick bemerkt, auch etwas an ihn herangemacht, wenngleich nicht so unverfroren wie Marc bei Julia, sondern eher unbeholfen. Das Einhängen bei ihm, das Zuzwinkern, das Streicheln, das Flüstern. Die angedeutete Tantramassage des nackten Marmor-Galliers. Die Kusshand am letzten Abend. David hat ihre Signale nur konsequent ignoriert. Er war in der Sache der Spielverderber. Vielleicht waren Marc und Carina am Ende sogar froh, dass die ganze Affäre geplatzt ist, weil Julia und vor allem David eben doch nicht in ihr Beutemuster passten.

Gerade schnappt David einen Satz aus Carinas Mund auf: »Marc, trag ihnen doch dein Kometen-Haiku vor!« Das ist für David das Signal. Es reicht. Da er bereits gezahlt hat, steht er einfach auf und geht schnurstracks zu dem Vierertisch hin. Dort legt er dem Mann des fremden Paares die Hand auf die Schulter, dass dieser sich überrascht umdreht, und sagt zu der Frau, die ebenfalls aufschaut: »Vorsicht! Dieser Möchtegern-Cäsar will Sie nur ins Bett bekommen!« Damit dreht er sich um und spaziert gelassen über die *Piazza Navona*. In seinem Rücken hört er noch Marcs entrüstete Stimme: »Irgendein Geisteskranker!«

# 30

David hat noch viel Zeit. So ist er gemächlich zum *Campo de' Fiori* hinüberspaziert, um seiner Aufregung und Ungeduld etwas Ablenkung zu verschaffen. Als er aus einer schmalen Gasse auf den Platz hinaustritt, ist er überrascht. Ganz unwillkürlich hatte er ein Farbenmeer und das rege Markttreiben der Blumenverkäufer und Händler erwartet, weil er diesen Ort bei seinen letzten Besuchen mit Julia immer so erlebt hat. Doch heute ist der Platz ganz anders. Natürlich nicht leer und verlassen, auch wenn er David im Vergleich zu seiner Erwartung auf den ersten Blick so erscheint. Und dennoch irgendwie nachdenklich, trotz der vielen Menschen. Dazu das schon schwächere Licht. Die dunkle Statue Giordano Brunos, der hier verbrannt wurde, wirft ihren Schatten.

All das erinnert David an irgendetwas sehr Fernes und Entlegenes. Fast wie eine frühkindliche Erinnerung. Doch das kann nicht sein. Und plötzlich begreift er, woran er sich erinnert.

Er war hier schon einmal in genau dieser Stimmung und genau diesem Licht – doch nicht zusammen mit Julia, sondern mit Carla! Wie konnte er das vergessen! Ja, tatsächlich! Er war schon einmal mit Carla in Rom! Vor fast zwanzig Jahren! Unglaublich! Das war ganz zu Anfang ihrer Beziehung gewesen, als sie beide noch ein gemeinsames Glück für möglich hielten. Sie hatten damals gar nicht die Absicht gehabt, nach Rom zu kommen, sondern waren eigentlich auf der Reise nach Neapel. Spontan hatten sie einen kurzen Abstecher beschlossen. Und irgendwie waren sie dann zum *Campo de' Fiori* gelangt – nicht einmal den Namen hatte er damals behalten –, um hier für zwanzig Minuten oder vielleicht eine halbe Stunde zu rasten und Sandwiches zu essen. Und wenn er sich bei all den Rom-Besuchen mit Julia nie mehr daran erinnert hat, dann deshalb, weil er in dem lebhaften Blumen-Platz, den er mit der begeisterten Julia besuchte, den namenlosen Carla-Platz von einst einfach nicht erkannt hat. Selbst die Bruno-Statue hatte er völlig vergessen.

Doch jetzt fällt es ihm wie Schuppen von den Augen – und er weiß wieder alles. Und diese Erinnerung gipfelt in einer kurzen Filmszene, die in seinem Kopf abläuft: Er sieht darin Carla, die zu der Zeit ihr Haar noch schulterlang trug, dort drüben auf den Stufen des Bruno-Denkmals sitzen und ihr Sandwich essen – und dabei fallen einige helle Weißbrotkrümel herab und bleiben in ihren Haaren hängen und er selbst streckt die Hand aus und streift ihr die Krümel weg und neckt sie irgendwie, indem er etwas sagt, das er jetzt nicht hören kann – denn der Film ist ein Stummfilm – und da dreht sie sich herum und lächelt ihm über die Schulter zu. Plötzlich steht diese Szene ihm so lebhaft vor Augen, als geschähe das jetzt, in diesem Moment. Und er spürt dabei etwas wie ein Glücksgefühl. Ja, er kann es nicht anders beschreiben. Ein Glücksgefühl. Carlas Blick. Sie lächelt ihm zu. Und der Film erstarrt zum Standbild. Groß auf der Leinwand.

David ist so überrascht und verwirrt, dass er sich erst sammeln muss. Wie ist es möglich, dass er diesen Augenblick so völlig aus seinem Gedächtnis getilgt hatte? Die Strindberg-Hölle war wohl mit solcher Macht über Carla und ihn hereingebrochen, dass sie alles Helle und Gute wie ein schwarzer Steinschlag unter sich begraben hatte. Jahrelang hat er Carla nur verteufelt.

Aber jetzt ist dieser Moment plötzlich wieder da. Dieses eine Bild. Leinwandfüllend. Dieser eine Blick von Carla. Wie etwas sehr Zartes und Kostbares, ohne dass er überhaupt sagen könnte, worin diese Kostbarkeit besteht. Es geschah ja gar nichts Besonderes. Nur die hellen Krümel in ihrem Haar. Sein Finger, wie er sie abstreift. Und Carlas Blick über die Schulter. Wie sie lächelt.

David setzt sich in seiner Verwirrung auf den Steinsockel zu Füßen Giordano Brunos, genau an den Platz, wo Carla einst gesessen hat, und versucht, seine Gedanken und Gefühle zu ordnen. Was bedeutet das alles?

Als er sich etwas beruhigt hat, wird ihm zunächst klar, was

diese Erinnerung *nicht* bedeutet: Sie bedeutet trotz aller Kostbarkeit und trotz dieses Glücksgefühls nicht, dass er sich je wieder in Carla verlieben könnte. Obwohl dieses Gefühl, das ihn eben durchströmte, durchaus eine Art von Verliebtheit war und obwohl dieses Glück verblüffend nah und gegenwärtig war. Aber die Ursache davon lag in der Vergangenheit. Es war nur der Nachklang einer vergangenen Liebe. Das mit Carla ist vorbei – ein für alle Mal. Daran gibt es keinen Zweifel und auch der schöne Augenblick ändert das nicht.

Und doch hat sich etwas geändert. David fühlt zum ersten Mal nach seiner Trennung so etwas wie Dankbarkeit für Carla. Dankbarkeit für diesen einen Moment – und es muss sicher einige solcher Momente gegeben haben, auch wenn er sich das nach dem katastrophalen Ende nie eingestehen wollte –, doch mehr noch Dankbarkeit für das unfassbare Geschenk, das sie ihm gemacht hat: für Zoe. Selbst wenn Carla sie ihm all die Jahre vorenthalten hat – sie hat sie geboren und aufgezogen. Und auf ihre Art liebt sie Zoe sicher auch – so wie sie ihn damals bei allem Streit und Hass doch ebenfalls irgendwie geliebt haben muss.

David spürt auf einmal tiefe Erleichterung. Ja, er fühlt sich wirklich erlöst. Warum? Weil er Carla nicht mehr verteufeln und verabscheuen muss – und weil er nicht mehr jede Erinnerung an sie aus seinem Gedächtnis tilgen muss. Das ist nicht nur eine innere Befreiung für ihn selbst. Es hat auch Bedeutung für die Zukunft – und das heißt: für Zoe.

Wenn es David durch welches Wunder auch immer gelingen sollte, eine Beziehung zu Zoe aufzubauen, dann könnte er Carla jetzt wieder gegenübertreten. Selbst wenn sie ihn noch immer hassen sollte, würde ihm das nichts ausmachen. David ist sich sicher, dass es ihm gelingen würde, diesen Hass auf die Dauer durch seine Dankbarkeit für Zoe zu bezwingen. Aber wie seltsam das alles ist! Wie seltsam!

David lauscht noch eine Weile in sich hinein, als wäre das Glücksgefühl, das er vorhin empfand, ein vergessener Song aus seinen Jugendtagen oder wie die Begleitmusik zu dem Stummfilm in seinem Kopf – dann erhebt er sich von den Stufen, dehnt seine Glieder, atmet tief durch und geht weiter.

# 31

Kurz nach sechs. David lehnt an einer breiten steinernen Balustrade auf der obersten Terrasse der *Spanischen Treppe* und blickt hinab zur *Piazza di Spagna*, die im frühen Abendlicht leuchtet. Er schaut auf den strömenden Brunnen, auf die prachtvollen Häuser mit ihren bröckelnden Gelb- und Siena- und Ockertönen und den schmalen hohen Fensterläden, auf die Palmen und Dachgärten, während unter ihm entlang der breiten, kühnen Architektur der Treppe zahllose Menschen auf- und abwärts steigen wie auf einer Himmelsleiter. Ihm fällt ein, dass die dreigliedrige Treppenkonstruktion die Heilige Dreifaltigkeit symbolisieren soll. Er fragt sich, ob der beleibte australische Tourist, der in Shorts und mit Safarihut gerade die letzten Stufen hinaufkeucht, das weiß – und was es für ihn bedeuten mag …

Doch dann blickt David gleich wieder auf seine Uhr, wie er das alle zwei, drei Minuten seit seiner Ankunft auf der Treppe tut. Er ist nervös. Seine große Zuversicht von heute Nachmittag ist nun geschwunden. Plötzlich ist er nicht mehr so sicher, dass die Mädchen kommen werden. Und schon gar nicht, dass Zoe erscheinen wird. Ihre Kopfschmerzen. Ihre schwankenden Stimmungen. Wer weiß, was in ihr vorgeht? Es kann tausenderlei Gründe geben, weshalb sie das Vorhaben platzen lässt. Auch wenn sie die *Spanische Treppe* mega findet. Ist es überhaupt sinnvoll, hier oben zu warten? Vielleicht genügt den vier Freundinnen ja ein Blick von unten? Vielleicht setzen sie sich zum Beispiel zu einer Gruppe von Jugendlichen, wie er sie vorhin am Fuße der Treppe bemerkt hat? Wäre das nicht sogar wahrscheinlicher?

David ist unschlüssig. Nach einigem Zögern beschließt er, nun doch wieder hinunterzusteigen. So macht er sich mit langsamen

Schritten auf den Weg. Dabei bemerkt er, wie ihn die alte Besessenheit überkommt. Er verfällt erneut in den Scan-Blick. Überfliegt die Gesichter der Entgegenkommenden. Aber was soll er sonst tun? Je weiter David nach unten steigt, desto dichter wird das Gedränge. Das Abendleben der Treppe beginnt. Und plötzlich wird David bewusst, dass mit zunehmender Dunkelheit die Suche immer schwieriger sein wird. Trotz der Beleuchtung. Es wird dunkle Winkel geben. Schatten werden die Gesichter schwerer erkennbar machen. Ja, er kann nur eindringlich hoffen, dass die Mädchen bald kommen, solange es noch hell ist. Als er auf der Piazza angelangt ist, späht er rundherum. Nichts. Doch das ist kein Grund zur Besorgnis. Er muss Geduld haben. Der Abend ist noch jung.

\* \* \*

Es ist nun schon nach neun Uhr und die Sonne ist untergegangen. Auf der *Spanischen Treppe* haben sich Scharen von Touristen im Licht der vielen Laternen niedergelassen. Vor allem Jugendliche, die sich unterhalten und diskutieren und lachen. Für David eine immer schwerere Aufgabe. Rastlos streift er umher. Emanuela Orlandis Bruder fällt ihm wieder ein. Plötzlich kann er sich vorstellen, in diese Erstarrung des Blickes zu verfallen. Ein Leben im Suchmodus zu verbringen. Die Vorstellung erschreckt ihn. Ist diese Form der Liebe nicht dem Wahnsinn gefährlich nahe?
Aber er kann es nicht ändern. Jede Vierergruppe von Schülerinnen alarmiert ihn. Jedes Mädchen, das vage an Zoe erinnert, lässt ihn den Hals recken. Er drängt an einer der Touristenkutschen vorbei. Das Pferd mit den Scheuklappen hat ein Bein tänzerisch angewinkelt und lässt gerade ein paar Pferdeäpfel in einen hinter ihm aufgehängten Sack fallen. Man riecht den strengen Tiergeruch. Irgendwo singt eine Jugendgruppe zur Gitarre.
Als David zwischendurch auf sein Smartphone blickt, erschrickt er. WhatsApp-Nachricht von Julia. Sie schreibt: *Bin in München. Wenn du mich liebst, komm!* Sofort schreibt er zurück: *Ich liebe dich. Warte. Ich komme morgen und erkläre alles!* Mit spürbar schlagendem Herzen drückt er auf den Sende-

Pfeil. Damit steht es fest. Dieser Abend ist seine letzte Chance. Wenn er morgen nicht zurückkehrt, ist für Julia alles vorbei. Es ist gut so. Klare Verhältnisse. Und dennoch gerät er erneut in Aufregung. Was, wenn die vier nun doch nicht erscheinen? Wird er es über sich bringen, morgen trotzdem in den Zug nach München zu steigen? Oder wird er dann einfach hierbleiben, so wahnsinnig dieser Entschluss wäre?

David will darüber nicht nachsinnen. Er erlaubt sich keinen Gedanken daran. Einfach weitermachen. Weitersuchen. Wenn nötig bis zum Morgengrauen. Vorher wird er nicht aufgeben.

Als er den linken Treppenlauf zum tausendsten Mal an diesem Abend hinaufsteigt, hört er dicht bei sich eine bekannte Stimme: »Alter! Ich fass es echt nicht, dass die beiden jetzt mit diesen Weirdos losgezogen sind.«

Es ist Zoe. Und neben ihr geht Lea. Sie sagt: »Ja, ich weiß auch nicht, wo sie die aufgerissen haben.«

Zoe sagt: »Dass die uns echt im Stich lassen! Aber wenigstens sind meine Kopfschmerzen weg.«

Damit sind sie an ihm vorüber.

## 32

David kann sein Glück nicht fassen. Sobald er seine Überraschung überwunden hat, folgt er den Mädchen bis zu der breiten Balustrade der unteren Terrasse, wo sie sich niederlassen. Aus einiger Entfernung, von den vorüberströmenden Passanten geschützt, beobachtet er, wie Zoe und ihre Gefährtin es sich nun gemütlich machen und aus ihren Rucksäcken Sandwiches und eine Box mit Weintrauben hervorziehen, die sie sich offensichtlich für eine Art Treppenpicknick mitgenommen haben. Sie beginnen in aller Ruhe, ihr Mahl zu halten. Lea kramt auch eine Flasche Prosecco heraus, öffnet den Schraubverschluss und nimmt einen guten Schluck. Dann hält sie die Flasche Zoe hin, die ebenfalls daraus trinkt, allerdings vorsichtiger, und die Flasche dann zurückreicht.

»Super schön hier!«, sagt Zoe.

»Echt nice«, sagt Lea.

»Weißt du, heute Abend fühl ich mich seit langem zum ersten Mal richtig wohl«, sagt Zoe. »Abends sieht man erst so richtig, wie schön das ist. Ich würde echt *so* gerne in Rom leben.«

»Kannst du ja. Studier doch hier«, sagt Lea.

»Meinst du, das geht?«, fragt Zoe.

»Klar«, sagt Lea. »Ganz easy. Da gibt's Stipendien. Mein Bruder ist mit Erasmus in Paris. Und du bist doch mega gut in Latein und Geschichte. Da ist Rom ideal.«

»Ja, das wär wirklich mein Traum«, sagt Zoe. »Und tausend Meilen von meiner Mutter entfernt.«

Lea lacht.

»Ach, da wird doch eh nichts draus«, sagt Zoe plötzlich ernüchtert.

»Wieso denn nicht?«

»Meine Mutter macht das safe kaputt.«
»Lass dir doch von der nichts sagen! Das ist dein Leben!«
»Ich weiß. Aber das ist ja das Schlimme. Das macht mich ja so fertig.«
»Was denn?«
»Dass ich immer sage: Nein, Mama! Das ist mein Leben! Und dass ich am Ende doch immer alles tue, was sie mir vorschreibt! Sogar auf dieses bescheuerte Kapitol bin ich gestiegen und hab euch alle noch mitgeschleppt, bloß weil sie es wollte. Ich schwör dir: Ich ende noch als Konzertgeigerin und heirate einen Einserjuristen, den sie mir aussucht. Da kann ich mich sträuben, soviel ich will.«
»Warum tust du's denn? Würd ich mir nie bieten lassen!«
»Ja, blablabla. Vielen Dank für den guten Rat! Hilft mir echt viel ...«
Lea zuckt mit den Achseln. »Na ja, vielleicht liegt's auch daran, dass du ein Einzelkind bist. Wir sind zu dritt. Meine Mutter hätte gar nicht die Zeit, uns alle gleichzeitig so zu terrorisieren.«
Zoe lacht. »Ja, vielleicht.«
Eine Weile schweigen die beiden Mädchen.
Nach einer Weile sagt Zoe: »Das mit dem Fächer regt mich immer noch auf.«
»Ja, der war so schön«, sagt Lea.
»Ich muss ihn bei der Kirche verloren haben«, sagt Zoe. »In der Kirche hatt ich ihn noch.«
»Sicher?«, fragt Lea.
»Ja, safe«, sagt Zoe. »Und auf dem Rückweg hätt ich ihn gebraucht, und da war er weg. Ich bin extra nochmal bis zur Kirche zurückgerannt. Weg. Einfach geklaut.«
»Voll schade!«, sagt Lea. Die beiden haben ihr Mahl langsam beendet und packen die Brottüten, die Box mit dem Rest Weintrauben und die Proseccoflasche wieder zusammen.
»Aber wahnsinnig schön hier«, sagt Zoe.
»Ja«, sagt Lea.
»Wollen wir jetzt ganz hoch zu dem Obelisken?« fragt Zoe.
»Auf jeden Fall«, sagt Lea.
Sie nehmen ihre Rucksäcke auf die Schultern und wenden sich

dem linken Treppenlauf zu, der in einer breiten Schwingung nach oben führt. David sieht erschrocken, dass die beiden direkt auf ihn zukommen. Rasch dreht er sich herum und steigt nun ein paar Meter vor den Mädchen hastig die Treppe hinauf – doch in dem Augenblick durchzuckt ihn ein Gedanke. Verdeckt von einem älteren Touristenpaar, das sich zwischen ihn und die beiden gedrängt hat, zieht er den Fächer aus seiner Hosentasche, lässt ihn blitzschnell auf eine der Stufen fallen und eilt dann weiter. Und tatsächlich, wenige Sekunden später hört er einen Aufschrei von Zoe: »Lea! Da ist mein Fächer!«

»Hä? Waaas?«, ruft Lea.

»Da, schau!«

»Das ist doch völlig unmöglich. Ich mein, wie soll der hierherkommen?«

»Keine Ahnung! Aber das ist mein Fächer!«

»Vielleicht ist das ein anderer, der nur so ausschaut?«

»Nein! Schau! Da hab ich ja *Zoe* hingekritzelt!«

»Ich kapier überhaupt nichts mehr!«

»Sag mal, Lea, hast du den versteckt und mir einen Streich gespielt?«

»Wie denn? Ich bin doch hinter dir gegangen.«

»Und Stella und Chiara?«

»Ich schwör dir, die machen Party mit den Jungs! Die kommen uns jetzt bestimmt nicht nach für irgendwelche Fächer-Spielchen. Ich bin schon froh, wenn die nach dem Saufen überhaupt noch laufen können.«

»Aber der kann doch nicht geflogen sein!«

»Ha! Ich weiß!«, ruft Lea plötzlich.

»Was?«

»Deine Mutter!«

Zoe lacht. »Die ist schon ziemlich gestört, aber das trau ich ihr jetzt nicht zu. Und wenn, dann würde sie mir eher meine Geigennoten auf die Stufen legen.«

Lea lacht. »Dann dein Vater?«

»Gibt's momentan nicht.«

David spürt eine Hitze in sich aufsteigen.

»Dann weiß ich auch nicht«, sagt Lea.

»Das ist schon echt creepy!«, sagt Zoe. »Das ist ja, als ob mir irgendein Verrückter heimlich nachschleicht und irgendwelche Streiche spielt. Echt mega weird …!«

David fühlt tiefe Gewissenbisse. Was hat er da getan! Aus einer Augenblickslaune heraus! Hat er sich damit alles verdorben? Wie soll er sich jetzt Zoe noch nähern, ohne von vornherein als Psychopath zu gelten?

Die beiden Mädchen sind mittlerweile auf der oberen Terrasse bei dem Obelisken angelangt und lehnen sich mit den Oberkörpern auf den warmen Stein der Balustrade. Da sagt Lea: »Ich fand den Schlangenarmreif so geil, den die Straßenverkäuferin drunten hatte. Du nicht?«

»Doch.«

»Der sah so cool aus. Mit diesen roten Steinen als Augen. Ich überleg mir echt, ob ich nochmal runterrenne und ihn kaufe. Sonst ist er weg. Sie hatte nur einen.«

»Ja, kannst du machen«, sagt Zoe. »Ich bleib da.«

»Okay«, sagt Lea. »Dann renn ich schnell. Bis gleich.«

»Bis gleich.«

# 33

Lea ist verschwunden und Zoe lehnt nun allein an der Balustrade, erhellt von einer der großen Laternen. Hier oben sind nur wenige Menschen. Man schaut gewissermaßen entrückt aus der Einsamkeit in das rege Treiben unten auf der Treppe und der *Piazza* hinab. David steht ein Stück weit von der Balustrade entfernt neben dem Obelisken und sieht Zoe aus derselben Perspektive wie schon mehrmals und wie auch auf dem Kapitol: schräg von hinten. Warum sieht er sie immer nur so? Das liegt daran, dass er sie nicht betrachten kann, ohne sich selbst zugleich verbergen zu müssen. Das wird ihm plötzlich schmerzhaft bewusst. Er kann ihr nicht direkt ins Gesicht sehen und nicht in die Augen schauen. David fällt ein, dass man diese Ansicht *verlorenes Profil* nennt. Das weiß er, seit er ein Buch über Porträtzeichnungen lektoriert hat. Ja, so kommt es ihm vor, Zoes Profil: irgendwie verloren. Obwohl Zoe selbst heute ganz ausgesöhnt mit sich und der Welt scheint. Er empfindet auf einmal große Zärtlichkeit für seine Tochter und würde ihr gerne übers Haar streichen. Was natürlich völlig unmöglich ist. Auch insofern ein verlorenes Profil. Sie stehen hier oben allein, Vater und Tochter, aber er weiß nicht, wie er ihr näherkommen kann.

In dem Moment hört David ein klapperndes Geräusch in seinem Rücken und dreht sich um. Er blickt zu der prachtvollen weißen Renaissancekirche hinauf, deren angestrahlte Doppeltürme sich über der Treppe erheben. Auf den Kirchenstufen bewegt sich eine seltsame Gruppe, die gerade einen mühsamen Abstieg versucht. Voran geht eine füllige ältere Frau in buntgeblümtem Kleid, die unter großer Anstrengung ächzend einen leeren Rollstuhl Ruck um Ruck treppab poltern lässt. Hinter ihr folgt ein junges Mädchen, das wie die jugendliche Natalie Portman ausschaut und einen humpelnden Greis mit Cowboyhut, dem wohl der Rollstuhl gehört, stützt und ihm Stufe um Stufe hinunterhilft. Die drei wirken wie Amerikaner. Was haben sie dort oben gemacht? Und wie mögen sie den Aufstieg bewältigt haben?

David eilt den dreien rasch auf der Kirchentreppe entgegen. Er ist kurz unschlüssig, wem er zuerst helfen soll. Aber die Jugendliche scheint trotz ihres zierlichen Körpers kräftig und durch die Aufgabe nicht überfordert. So greift er bei dem Rollstuhl zu, um der asthmatisch keuchenden Frau zu helfen. Er packt mit den Händen die Seitenstangen der Fußstützen. »*Thank you so much!*«, seufzt die Frau und lächelt ihm zu.

Doch im Rückwärtsgehen tritt David bei einer Stufe daneben. Irgendein Gegenstand gleitet von der Sitzfläche des Rollstuhls nach vorn, schlägt David schmerzhaft gegens Knie und poltert dann auf die Treppe. Es ist einer dieser runden kleinen Holzklapptische, die afrikanische Straßenhändler hier als Souvenirs verkaufen. Die Frau im geblümten Kleid ruft entsetzt: »*Oh, sorry! Are you hurt?*« Er winkt nur ab.

Aber in dem Moment heben plötzlich zwei weitere Hände den Klapptisch von den Stufen auf, legen ihn auf den Sitz zurück und greifen bei dem Rollstuhl mit an. Und plötzlich ist die alte Frau nicht mehr nötig, denn David trägt nun gemeinsam mit seiner Tochter Zoe den Rollstuhl über die Stufen der Dreifaltigkeitskirche hinab.

Als das geschafft ist, hilft Zoe flink noch dem jungen Mädchen mit dem Greis auf dem letzten Treppenstück. Die drei Amerikaner bedanken sich überschwänglich bei Zoe und David. Weitere Hilfe ist nicht nötig, da soeben zwei kräftige junge Männer zur Terrasse heraufgestiegen kommen. Sie scheinen zur selben Reisegruppe zu gehören und übernehmen nun die Organisation des Abstieges.

\* \* \*

Zoe und David bleiben allein zurück auf der Terrasse. Sie stehen sich im Schein der Laterne gegenüber. Zum ersten Mal muss er sich nicht verstecken. Zum ersten Mal blickt er ihr so direkt in die Augen. Was für ein Wunder! Er lächelt sie an und sagt: »Danke!« Dabei reibt er sich übers Knie, das unerwartet heftig schmerzt.

»Bitte!«, sagt Zoe und lächelt auch. Dann runzelt sie die Stirn. »Haben Sie sich verletzt?«

»Nein, ich glaube nicht.«

»Darf ich sehen?«, fragt Zoe. »Ich bin Schulsanitäterin …«

David zieht sein Hosenbein übers Knie. Man sieht keine Wunde, aber so etwas wie eine gerötete Kerbe, wo die Kante des Klapptisches ihn getroffen hat. Zoe bückt sich und betrachtet den Schaden. Und David denkt: Meine Tochter untersucht mein Knie! All das muss im Traum geschehen! Da erhebt sich Zoe wieder und sagt: »Nur eine Prellung. Am besten Sie machen Umschläge.«

»Vielen Dank«, sagt David und lächelt sie an.

»Gerne«, sagt Zoe. Doch David bleibt stehen mit immer noch hochgezogenem Hosenbein und lächelt sie an.

»Ist noch was?«, fragt Zoe, etwas irritiert. Plötzlich wird sie ernst. Sie sagt: »Ich kenne Sie.«

David atmet tief durch und sagt: »Ja.«

»Sie sind es doch? Sie haben uns auf dem Kapitol fotografiert.«

»Ja.«

Zoe schaut ihn an. Dann sagt sie: »Das ist doch kein Zufall, dass wir uns hier wiedertreffen!«

David sagt: »Nein.«

»Das war Absicht?«

»Ja.«

»Dann verfolgen Sie mich quer durch Rom?«

David hört sein Herz schlagen. Er sagt: »Ja.«

Zoe blickt ihn sprachlos an. Nach einer Weile sagt sie: »Waren Sie das auch mit dem Fächer?«

»Ja.«

Sie starrt ihn an: »Aber warum?«

David holt tief Luft: »Zoe …«

Zoe weicht erschrocken einen Schritt zurück: »Woher wissen Sie meinen Namen? Sie machen mir Angst!«

David hebt seine Hände beschwichtigend: »Zoe, hab bitte keine Angst. Ich bin nicht verrückt. Kein Stalker oder Irrer. Kein Psychopath. Ich will dir nichts Böses tun. Ganz im Gegenteil. Ich will nur Gutes. Ich weiß nicht, wie ich anfangen soll. Eigentlich wollte ich dich gar nicht ansprechen. Dafür ist es jetzt zu spät. Wie soll ich es dir sagen? Wo fang ich bloß an? Ich bin nur deinetwegen in Rom.«

»O Gott! Was wollen Sie denn von mir?«, ruft Zoe entsetzt.

»Ich hatte bis vor kurzem gar keine Ahnung, dass du existierst, Zoe. Du kannst nicht wissen, wer ich bin ... Aber schau mein Gesicht an ... meine Augen ...«

Zoe wird totenblass.

# 34

Es ist ein Uhr morgens. David und Zoe stehen nebeneinander auf der Engelsbrücke und schauen in das schwarz strömende Wasser des Tibers hinab, in dem sich die Lichter der Stadt spiegeln.

»Hast du Hunger?«, fragt David.

Zoe schüttelt den Kopf.

»Es ist schon sehr spät und wir haben so viel geredet. Hast du wirklich keinen Hunger?«

»Nein.«

»Oder Durst? Ich kann was besorgen ... McDonald's hat sicher noch offen.«

»Nein, danke.«

»Tut mir leid, dass ich so viel frage. Ich will dich nicht nerven.«

»Tust du nicht.«

»Es ist nur ... verstehst du ... es ist so unglaublich.«

»Was meinst du?«

»Dass ich dich jetzt einfach fragen kann, ob du Hunger hast.«

»Ja.«

»Das war mein größter Wunsch. Mit dir so zu sprechen über ganz normale Dinge. Dass das nun einfach so möglich ist ...«

»Ich fühle mich ganz seltsam. Ich weiß gar nicht, ob das alles jetzt wirklich passiert.«

»Ja, natürlich, Zoe! Es tut mir so leid, dass ich dich so erschreckt habe!«

»Es ging ja nicht anders.«

»Ich hab mich dermaßen blöd angestellt. Ich hätte viel vorsichtiger sein müssen.«

»Das hätte auch nichts geändert.«

»Glaubst du nicht?«

»Nein. Wenn plötzlich ein Ufo neben dir landet oder ein Engel steht vor dir, dann erschrickst du immer zu Tode. Da kann der so vorsichtig sein, wie er will.«

»Stimmt. Du hast recht. Das ist sehr klug, was du sagst, Zoe.« Sie lächelt ihn an. Dann sagt sie: »Ich versteh auch gar nicht, warum ich es nicht selbst gleich gemerkt hab. Gestern auf dem Kapitol, mein ich, als du das Foto von uns gemacht hast. Wir sehen uns doch so krass ähnlich! Komplett dieselben Augen und dasselbe Gesicht.«

»Ja«, sagt David. »Alles gleich, nur dein Haar ist rot und meines blond.«

Zoe lacht: »Meines ist genauso blond. Das ist bloß mit Henna gefärbt.«

David lacht auch und schlägt sich an die Stirn: »Henna! Auf die Idee bin ich einfach nicht gekommen! Das Rot sieht so echt aus! Wenn du wüsstest, was mir das für Kopfzerbrechen gemacht hat! Ich habe spät nachts die Mendelschen Gesetze gegoogelt.«

Sie lacht.

Er sagt: »Jedenfalls ist es kein Wunder, dass du mich nicht auf Anhieb erkannt hast. Du warst ja überhaupt nicht darauf gefasst. Wie solltest du eine solche Überraschung erwarten!«

»Das Komische ist: Im Grunde war ich gar nicht so überrascht.«

»Nicht?«

»Nein. Also im Augenblick natürlich schon. Da war ich erstmal geschockt. Aber ich hab immer gewusst, dass das ganze Zeug nicht stimmen kann, das Mama mir erzählt hat.«

»Wirklich?«

»Ja. Also solange ich klein war, hab ich natürlich alles geschluckt und nicht weiter gefragt. Aber später dann, als ich Fragen stellte, diese ganze Geschichte, die sie mir da aufgetischt hat: One-Night-Stand bei einem Musikfestival mit irgendeinem Australier, dessen Namen sie nicht wusste. Wer glaubt denn so was!«

»Warum nicht?«

Zoe lacht. »Na, kannst du dir so was bei Mama vorstellen? Die plant doch jeden Schritt drei Jahre im Voraus. Und dann

säuft sie sich bei einem Festival zu und riskiert ihre glänzende Jura-Karriere für irgendeinen bekifften Australier?
Klingt doch total konstruiert. Als ob sich die Frau Rechtsanwältin eine Story ausgedacht hat, damit man ihr nicht auf die Schliche kommt.«
David lacht. »Auch wieder richtig.«
»Und dann immer dieselbe Leier. Dass wir nur einander haben und dass sie mich dafür umso mehr liebt. Blabla.«
»Aber das meint sie schon so, Zoe. Sie liebt dich bestimmt. Auf ihre Art eben.«
»Auf ihre *sehr* spezielle Art.«
»Sie liebt dich bestimmt.«
»Na ja. Meinetwegen. Aber dass sie mir dich weggenommen hat, verzeih ich ihr nie. Und diese ganzen Freaks, die sie mir dafür als Ersatzväter präsentiert hat! Die hättest du mal sehen sollen! Gregor ging noch. Der war der Erste. Da war ich noch klein. Der hat immerhin ganz nett mit mir gespielt. Kastanien-Männchen gebastelt und so. Aber den hat sie am schnellsten abgestoßen. Und dann kam eine Niete nach der anderen. Lauter Lackaffen und Justusse. Ich war bloß froh, als sie vor zwei Jahren den Letzten von diesen Typen in die Wüste geschickt hat.«
»Ich habe damals von irgendwem gehört, dass sie geheiratet hat.«
»Ja, Bernd. Den absoluten Loser. Wegen dem sind wir von Frankfurt nach Augsburg gezogen. Da war ich sechs. Ökotrophologe. Hab ich damals natürlich nicht kapiert. Mir hat er erzählt, dass er was mit Essen zu tun hat. Dafür hab ich ihn immer *Bernd das Brot* genannt. Das ist so ein depressiver Brot-Mensch aus dem Kinderkanal. Da kannst du ihn dir vorstellen. Aber das hat nur drei Jahre gehalten. Danach bloß diese Typen.«
»Es tut mir so leid, Zoe!«
»Jedenfalls wusste ich immer, dass das alles nicht stimmt. Kein Wort hab ich ihr geglaubt. Zumindest, seit ich größer war. Und ich hab immer gedacht, dass mal sowas passiert wie heute.«
»Wirklich?«
»Ja, ich hab es immer gewusst.«
»Aber woher?«

»Keine Ahnung. Ich wusste es einfach.«
»Ich hab die klügste Tochter der Welt.«
Da dreht sich Zoe herum und umarmt ihn. Dann beginnt sie plötzlich zu weinen.
David spürt ihr heißes, nasses Gesicht an seinen Hals und seine Wange gepresst.
Meine Tochter, denkt er und küsst ihren Scheitel. In dem Moment wendet sie das Gesicht zu ihm empor und schaut ihn an. Und spontan muss er an die Fotografie denken. *Larmes en verre.*
Mit der Fingerspitze streift er ihr zwei Tränen weg. Sie lächelt.

# 35

Tief in der römischen Nacht. Die beiden spazieren nach vielen Abstechern und Umwegen nun wieder unter Bäumen und Straßenlaternen am Tiberufer entlang. Gerade kommen sie an der *Ara pacis* vorbei. David bemerkt, dass sie kaum noch Menschen begegnen, und fragt sich plötzlich, ob ihr Herumstreifen zu so später oder fast schon so früher Stunde nicht zu gefährlich wird.

Aber Zoe ist jetzt ganz munter und fächelt sich mit dem wiedergefundenen Klatschmohn-Fächer Luft zu. Sie scheint den Schock seiner Eröffnung viel rascher verkraftet zu haben als er selbst. Liegt das an ihrer Jugend? Jedenfalls kommt sie ihm jetzt einerseits zwar fragiler, aber andererseits auch stabiler vor, als er erwartet hatte. Ein Paradox, das er sich nicht ganz erklären kann. Sie erzählt lebhaft über ihre Kindheit. So versucht auch er, sein mulmiges Gefühl zu verbergen.

Als ein kurzes Schweigen eintritt, sagt er: »Du bist eine sehr gute Geigerin, Zoe ...?«

»Ja, woher weißt du das?«

»Ich hab es gehört ... na ja, belauscht eigentlich. In München an diesem Abend, du weißt ja, vor dem *Cavaliere* ...«

»Ah ja. Kommt mir ganz komisch vor, dass du mir damals schon so nahe warst und alles gehört hast – und ich hatte keine Ahnung. Wenn ich *das* gewusst hätte, dass da zwei Tische weiter mein Vater sitzt ...« Sie schüttelt den Kopf.

»Ja, mir kommt es auch seltsam vor. Aber so lange ihr noch da wart, habe ich selbst nichts begriffen. Das ist mir erst im Nachhinein aufgegangen, als ihr beide schon weg wart.«

»So ein Glück, dass du uns zugehört hast«, sagt Zoe und nimmt seine Hand.

»Ja«, sagt David.

Eine Weile gehen sie so, dann beginnt er wieder: »Also du bist eine sehr begabte Geigerin. Du spielst Bach, Mozart und solche Dinge?«

Sie lächelt. »Ja, Bach, Mozart und solche Dinge.«

»Aber du willst nicht mehr spielen?«

»Ne, safe nicht.«

»Ich kenne mich überhaupt nicht aus … Also entschuldige, wenn ich so dumm frage – aber warum willst du nicht mehr spielen?«

»Es geht nicht ums Spielen, verstehst du. So allein vor mich hin zu spielen, macht mir schon Spaß. Aber Auftritte und Wettbewerbe und Vorspielen und all das – das halt ich nicht aus. Da verlier ich die Nerven.«

»Das kann ich gut verstehen. Ginge mir wahrscheinlich genauso.«

»Das klingt jetzt ganz falsch, wenn ich sage, ich verlier die Nerven. Das klingt viel zu harmlos. Ich bin nicht bloß nervös. Also am Anfang war es noch so. Da war ich nur sehr nervös. Aber seit einem Wettbewerb vor über einem Jahr ist es der blanke Horror. Da konnte ich plötzlich nicht auf die Bühne. Ich konnte nicht mehr atmen. Und seither ist es vorbei. Bei jeder noch so kleinen Gelegenheit flippe ich völlig aus. Das ist die absolute Hölle. Ich hab das Gefühl zu ersticken. Ich zittere am ganzen Leib und könnte nur noch kotzen. Ich hab das Gefühl, mein Körper löst sich auf.«

»Das klingt wirklich schlimm. Wenn es so ist, solltest du es nicht tun.«

»Danke, dass du das sagst. Du bist der Erste, von dem ich das höre. Mama kapiert es einfach nicht. Oder will es nicht kapieren. Wenn ich ihr von meiner Panik erzähle, sagt sie bloß, dass sie vor ihrem Staatsexamen auch Angst hatte und dass man das mit Selbstdisziplin in den Griff bekommen kann. Einfach immer schön weiterüben. Dann klappt's. Disziplin. Disziplin. Disziplin. So ein Zeug erzählt sie und hat selbst keine Ahnung von Musik. Und das soll mir dann helfen … Und dauernd bohrt sie weiter in mich rein. Sie erträgt das einfach nicht, dass ihre Tochter keine gefeierte Geigenvirtuosin wird … Und wenn ich nicht gehorche, schickt sie mich zur Therapeutin, die eigentlich nur ihre beste Freundin ist und genauso wenig Ahnung hat wie sie … Sogar eine Essstörung soll ich haben, bloß weil ich mich vor Fleisch ekle …«

»Deine Mutter meint es sicher gut, aber ich verstehe dich vollkommen. Man soll nur Dinge tun, für die man geschaffen ist.«

Sie bleibt stehen und schaut ihn an: »Danke. Ich bin so, so, so froh, dass du das sagst.«

Er lächelt. Dann sagt er: »Eine Frage … oder nein, das ist jetzt vielleicht blöd …«

»Was?«

»Ob du nur für mich allein einmal etwas spielen könntest. Also du müsstest bestimmt keine Angst haben. Ich verstehe absolut nichts vom Geigespielen. Du kannst genauso gut vor einem Taubstummen spielen …«

Sie lacht. »Für dich würde ich spielen. Für dich tu ich es. Aber nur für dich.«

Im selben Moment gehen sie um einen der Uferbäume herum und rumpeln dabei fast mit einem bärtigen jungen Typen zusammen, der an der Leine einen Bullterrier führt. Das Tier erschrickt, stößt einen keuchenden Wutlaut hervor und springt blitzartig mit gefletschtem Gebiss auf Zoe los. Diese fährt entsetzt zurück, doch der Besitzer reißt in derselben Sekunde seinen Kampfhund mit einem kräftigen Ruck an der Leine weg. »*Scusi!*«, murmelt der Mann nur heiser und spaziert dann ganz gemütlich mit seinem Ungetüm weiter, als wäre nichts geschehen.

»So was!«, sagt Zoe und lacht. »Was hat der für Probleme?«

David aber kann nicht sprechen. Um Haaresbreite. Und er stand daneben und war absolut unfähig, seine Tochter zu beschützen. Alles war passiert, bevor er einen Finger rühren konnte. Er bewundert Zoe, die den Vorfall sofort wieder vergessen hat. Kampfhunde scheinen ihr weit weniger Angst zu machen als Geigenauftritte. Ihm jedoch schlägt das Herz noch eine ganze Weile bis zum Hals. Ein Kind ist eine Geisel, die das Schicksal von dir hat. In jeder Sekunde.

# 36

Kurz nach drei Uhr morgens. Sie gehen noch immer am Tiber entlang, nun in Richtung Trastevere.

Zoe sagt: »Jetzt kapier ich endlich dieses ganze Drama mit meinem Namen!«

David runzelt die Stirn: »Welches Drama?«

»Na, bis vor einem Jahr hab ich Laura geheißen.«

David bleibt stehen. »Was? Wirklich?«

»Ja. Ich wusste lange gar nicht, dass ich noch andere Namen hab. Erst so mit elf oder zwölf hab ich das in meinem Ausweis entdeckt. Da stand Laura Sophia Zoe. Als ich Mama danach fragte, wurde sie fuchsteufelswild. Ich hatte ein richtig schlechtes Gewissen, obwohl ich gar nicht begriff, was ich getan hatte.«

»Und dann?«

»Ich fand das alles ziemlich strange, aber vergaß es wieder. Es war mir auch egal. Erst vor einem Jahr, als wir nach New York geflogen sind, hab ich beim Rumstehen am Flughafen vor Langeweile in meinem Pass geblättert. Und da hab ich mir meine Namen angeschaut und dachte plötzlich, dass mir Zoe viel besser gefällt als Laura. Ich kenne jede Menge Sophias und Lauras, aber keine Zoe. Und irgendwie setzte sich die Idee in meinem Kopf fest. Jedenfalls weiß ich noch, wie ich Mama mitten auf der *Fifth Avenue* erklärte, dass ich ab sofort Zoe heißen will. Mama war sofort wieder voll aggro. Sie lief richtig Amok. Aber diesmal ließ ich mich nicht drausbringen. Ich war nicht mehr zwölf, sondern sechzehn.«

»Aber was hast du dann gemacht?«

»Gar nichts. Ich hab mich überhaupt nicht gestritten. Ich hab nur nicht mehr auf den Namen *Laura* reagiert. Ich war einfach stocktaub, wenn sie mich so rief. Zwei Wochen ging das so.

Mama hat mir stundenlange Reden gehalten und abwechselnd geschimpft und mir erzählt, wie wunderschön der Name *Laura* wäre und blablabla, aber all das hörte ich auch nicht. Irgendwann änderte sie ihre Strategie und begann plötzlich damit, dass *Sophia* überhaupt der *allerallerschönste* Name wäre und dass sie mich eigentlich *Sophia* taufen wollte und dass ich mich so ja umbenennen könnte. Ich war trotzdem taub. Und schließlich wurde es sogar Mama zu anstrengend. Nach zwei Wochen gab sie dann auf. Seitdem heiße ich Zoe.«

David lacht. »Unfassbar! Aber jetzt begreife ich, warum ich dich mit Google nicht gefunden habe! Ich tippte als Suchbegriffe natürlich *Zoe Schneider* und *Zoe Schneider Geige* ein. Es gab schon Treffer, aber nirgends erkannte ich dich.«

»Ja, da konntest du mich nicht finden. Solange ich Geigenauftritte hatte, hieß ich noch Laura und war auch noch blond und hatte Pausbacken. Seit ich Zoe heiße, ist es mit der Geige vorbei und ich bin von der Bildfläche verschwunden. Auf Facebook und Instagram ist mein Username *ZoZoZoe.*«

»Ich verstehe bloß nicht, warum Carla dir diesen Drittnamen überhaupt gegeben hat, wenn sie so absolut nicht wollte, dass du davon erfährst …«

»Na, wahrscheinlich eine schwache Stunde. Sie dachte wohl, dass kein Mensch sich für seinen Drittnamen interessiert. Und mal ehrlich: Ich hätte mich auch nicht dafür interessiert, wenn sie nicht so ein Drama drum gemacht hätte. Da wurde ich eben stur.«

David lacht. »Also ab und zu setzt du dich doch gegen deine Mutter durch.«

Zoe grinst. »Ja, ab und zu.«

»Auf der *Spanischen Treppe* klang das noch anders.«

»Ja, ich hab etwas schwarzgesehen. Ich war in den letzten Tagen deprimiert.«

»Warum?«

»Keine Ahnung. Einfach so. Seit ich in Rom bin. Die Stadt ist toll, aber ich fühlte mich zwischen all den Menschen irgendwie total lost … Da wusste ich ja noch nicht, was passiert …« Sie schaut ihn an und lächelt.

David legt den Arm um seine Tochter. Während sie so weiterspazieren, fällt ihm wieder der lange verschorfte Kratzer an ihrem Unterarm auf, den er schon vom Fenster des Militaria-Ladens aus entdeckt hat.
»Was hast du denn da gemacht?«, fragt er.
»Ach, da hat mich bloß Chiaras Kater gekratzt. Das Biest.«
»Ach so«, sagt David erleichtert.
Zoe wirft ihm einen Blick zu: »Du hast jetzt aber nicht geglaubt, dass ich mich ritze?«
»Nein, nein ...«, erwidert er wenig überzeugend.
Sie lacht und er lacht mit.
Da ruft Zoe plötzlich aufgeregt »Schau, Papa!« und deutet zum Wasser hinunter. »Das ist doch die Location, wo James Bond in *Spectre* sein Auto in den Fluss jagt und sich rauskatapultiert und dann mit dem Fallschirm genau hier landet, wo wir gerade laufen ... exakt hier ... Er schwebt da so aus dem Nachthimmel ins Bild ... Genauso fühl ich mich jetzt.«
Auch David fühlt sich so. Sie hat zum ersten Mal *Papa* gesagt.

# 37

Es dämmert schon. Sie irren über den *Corso Vittorio Emanuele II* auf der Suche nach einer Busstation oder einem Taxi.

Zoe ergreift wieder seine Hand und sagt: »Ich bleib jetzt bei dir, Papa.«

»Ja, Zoe«, sagt David. »Du bleibst jetzt bei mir. Wir müssen nur überlegen, wie wir das mit deiner Mutter arrangieren ...«

»Das ist ganz einfach«, sagt Zoe. »Ich zieh bei ihr aus und zieh bei dir ein.«

»So einfach ist das nicht«, sagt David.

»Doch«, sagt Zoe. »Das ist so einfach. Meine paar Sachen hab ich ganz schnell zusammengepackt und zu dir geschafft. Lea ist volljährig und hat schon den Führerschein. Die fährt mich mit dem Auto ihres Bruders. Nächsten Samstag hat sie bestimmt Zeit. Von Augsburg bis München ist es ja nicht weit. Das kriegen wir an einem Vormittag hin.«

Sie schaut ihn an und spürt wohl Davids Verlegenheit. Nach einer Weile fügt sie deshalb hinzu: »Klar liebt mich Mama auf ihre Art und klar liebe ich sie irgendwie auch. So aus der Ferne. Nur wenn wir zusammen sind, endet das jedes Mal in einem Blutbad. Es klappt einfach nicht. Sie ist dermaßen durchgeknallt mit ihrem Kontrollsystem. Der absolute Psychoterror. Sie macht mir die Hölle und bildet sich noch ein, sie tut mir was Gutes. Ich werde verrückt bei ihr. Na, du kennst sie ja. Dir muss ich nichts erzählen. Aber das ist jetzt vorbei. Ich zieh ja zu dir.«

Sie lächelt ihn an.

David lächelt zurück, aber ihm ist trotzdem nicht wohl. Natürlich wäre es ganz wunderbar, Zoe immer bei sich zu haben. Sein größter Traum. Doch leider gibt es da eben noch Carla. Er hat sich in eine ethische Zwickmühle gebracht – er will seine

Tochter auf keinen Fall zurückweisen, aber er kann auch nicht Carla das Herz zerreißen. Das hat sie nicht verdient.

Ihm fällt wieder der Augenblick ein – vor zwanzig Jahren, doch gleich hier um die Ecke, am *Campo de' Fiori*. Carla auf den Stufen des Denkmals. Wie er die Krümel aus ihrem Haar streift und wie sie sich umdreht und lächelt. Das Glücksgefühl. Nein, er will sie nicht verletzen …

Wie soll das alles gehen? Und dann gibt es außerdem ja noch Julia, die in München auf ihn wartet, hoffnungslos und aufgelöst. Seine Geliebte. Was wird Julia zu einer neuen Mitbewohnerin sagen? Wäre es wirklich möglich, zu dritt unter einem Dach zu leben? Würde Julia das akzeptieren?

So viele ungeklärte Fragen. So viele blinde Flecke. All das muss er Zoe sehr behutsam beibringen. Nach und nach. Aber nicht jetzt. Irgendwann. Jetzt will er ihr nur etwas Nettes, Helles sagen, um ihr Mut zu machen.

Da sie gerade an einer Kirche vorüberspazieren, fragt er spontan: »Hast du auch manchmal in Kirchen Geige gespielt, Zoe?«

Ein Fehler, denkt er im selben Moment. Ich hätte nicht schon wieder mit der Geige anfangen sollen!

Doch Zoe antwortet ganz gelassen: »Ja, klar. Da hatte ich immer wieder Muggen.«

»Muggen?«

»Das sind so Gelegenheitsauftritte, bei denen man ganz gut verdient. Vor allem in der Weihnachtszeit …«

Sie beginnt, eine Melodie zu summen, die David erkennt.

»Du summst Händel. Das Adventslied *Tochter Zion, freue dich* …«

Zoe schüttelt den Kopf.

»Nicht? Was dann?«

»*Tochter Zoe, freue dich* …«

# 38

Die römische Sonne zeigt ihre ersten Strahlen hinter den Dächern der Hochhäuser. Zoe und David konnten ein einsames Taxi ergattern und sind nun in einem der Außenbezirke angelangt, wo die Stadt ganz anders aussieht. David weiß nicht einmal genau, wo er sich befindet, Zoe hat dem Fahrer die Adresse gesagt. Jetzt steigen sie an einer Kreuzung aus. Die Gegend erinnert David an Schwarzweißfilme von Antonioni aus den Sechzigerjahren. Von einer trostlosen Ästhetik.

Zoe und David haben so viel geredet, dass sie nun nur noch schweigend nebeneinander hergehen. Beide übermüdet bis zur Verklärung. Ihre Schritte hallen doppelstimmig auf dem Pflaster. Zoe weiß den Weg. David lässt sich einfach von ihr führen. Neben einem abgewrackten Supermarkt und zwischen zwei Pinien biegt sie zu einem kleinen rötlichen Haus ein. Sie drückt eine Klingel und lächelt ihm zu. Aber nichts geschieht.

»Die schlafen alle noch«, sagt Zoe. »Die sind sicher stinksauer, wenn ich sie wecke. Aber das kann ich jetzt nicht ändern.«

Sie drückt noch einmal und lässt diesmal den Finger eine ganze Weile auf der Taste.

Schließlich ertönt ein Summen und die Haustür springt auf. Als sie oben vor der Wohnung ankommen, erscheint im Türspalt ein zerrauter blauer Haarschopf. »Ach du«, seufzt Lea, auf deren Gesicht man den Abdruck einer Kissenfalte sieht. »Bin grad eben eingeschlafen.«

»Sorry!«, sagt Zoe.

Lea klappt die Tür weit auf, um sie hereinzulassen, und wankt dann mit halbgeschlossenen Augen in Richtung eines Zimmers, in dem eine Matratze am Boden liegt. Sie ist barfuß und trägt nur ein langes schwarzes T-Shirt. Plötzlich wendet sie sich nochmal um und sagt mürrisch:

»Seid bloß leise! Die anderen sind total besoffen heimgekommen und haben gekotzt. Den ganzen Gang haben sie mit den Spaghetti von gestern Mittag vollgekotzt und ich durfte alles aufwischen, weil die so zugedröhnt waren. Bin ich froh, dass die jetzt endlich weggetreten sind.«

Tatsächlich riecht es nach Alkohol und Erbrochenem.

»Ja, ich bin leise!«, flüstert Zoe.

»Wo warst du überhaupt?«, fragt Lea, selbst nicht um einen Flüsterton bemüht. »Plötzlich warst du weg. Weißt du, wie lang ich dich gesucht hab?«

»Sorry!«, sagt Zoe.

»Fand ich echt scheiße von dir«, sagt Lea. »Und was schleppst du uns da für einen Opa an?«

»Das ist mein Vater!«, sagt Zoe.

»Ich dachte, den gibts nicht«, sagt Lea.

»Jetzt schon«, sagt Zoe.

»Okay«, sagt Lea und zuckt mit den Achseln.

»Er holt mich ab«, sagt Zoe. »Ich pack nur kurz meine Sachen und bin weg.«

»Mach, was du willst«, sagt Lea und fährt sich durchs blaue Haar. »Mir reichts. Ich hab echt die Nase voll. Ich hau mich jetzt hin.«

Mit diesen Worten verschwindet sie ins Nebenzimmer und lässt sich auf die Matratze plumpsen.

\* \* \*

David und Zoe laufen mit ihrem Gepäck auf einem Bahnsteig in ROMA TERMINI entlang. David hält in der Hand die Tickets, die sie gerade zusammen am Schalter gekauft haben. Nun schauen sie auf die Anzeigetafel, wann ihr *Frecciarossa* einfährt. Der Hochgeschwindigkeitszug scheint pünktlich zu kommen. David bemerkt plötzlich erschrocken, dass Zoe schaudert und leicht schwankt. Rasch tritt er zu ihr, stützt sie und nimmt ihr den Rucksack ab.

»Pass auf, Zoe«, sagt David und legt die Hand auf ihre Schul-

ter. »Du musst todmüde sein und jetzt doch einen Wahnsinnshunger haben. Setz du dich hier auf die Bank und bleib bei unseren Sachen. Ich hol uns rasch da drüben was zum Frühstück. Magst du Cappuccino und Croissants und Mozzarella-Sandwiches?«
»Nein«, sagt Zoe. »Ich bin vergi.«
»Vergi?«, fragt David.
»Sorry«, sagt Zoe. »Veganerin, mein ich. Mein Gehirn funktioniert nicht mehr. Aber ich komm sowieso mit.«
»Das musst du nicht«, sagt David. »Du kannst dich ruhig etwas ausruhen. Bevor du mir noch zusammenklappst.«
»Ich klappe nicht zusammen«, sagt Zoe. »Ich komme mit.«
»Ich finde schon was«, sagt David. »Ich sage einfach *vegano*.«
»Ich komme mit«, sagt Zoe.
»Wirklich?«, fragt David.
»Ich komme mit, Papa«, sagt Zoe.
Sie schultert ihren Rucksack wieder und ergreift seine Hand.

# 39

Der Zug hat eben Florenz verlassen und rast nun durch die im Morgenlicht sich neu erfindende Landschaft. Felder, Zypressen, Pappeln, einzelne Gehöfte und Fabriken fliegen vorüber und David lauscht in das Rattern und die Geräusche des Zuges wie in eine große Symphonie. Seine Stirn lehnt an der vibrierenden Scheibe. Er ist so müde und so wach wie nie zuvor. Ihm gegenüber sitzt Zoe, zusammengesunken in ihrem Sessel. Er hört ihren tiefen, im Schlaf leise röchelnden Atem. Er sieht ihr zerrauftes, hennarotes Haar. Ihre sanfte Schläfe. Die zarte Konstruktion ihres schmalen Halses. Die Halsschlagader, die leise pocht. Alles so nah. So nah.

Ihm fällt das Video ein, das er im Hotelzimmer in Rom gegoogelt hat. Er denkt an dieses unendlich zarte, filigrane Etwas in seiner Höhle. Den winzigen Körper aus weißen Schatten. Und an das feste starke Pulsieren in diesem fast nur geträumten Körper. Gerade bewegt Zoe den Kopf schlaftrunken und ihre Lippen zucken wie die des Embryos auf dem Ultraschall. Und all das geschieht an einem gewöhnlichen Montagmorgen, mitten in einem Zweite-Klasse-Abteil der TRENITALIA, während ringsum Menschen Zeitung lesen, sich unterhalten, in Brote beißen. Die Wirklichkeit ist dünn wie Seidenpapier. Alles unfassbar. Das Leben. Zoe.

David blickt auf die pulsende Halsschlagader seiner Tochter und denkt, dass dies der glücklichste Moment seines Lebens ist.

\* \* \*

Gerade hat der Zug den Brenner überquert. Als die österreichischen Polizisten Türen knallend das Abteil betraten und an ihnen vorbeistiefelten, schreckte Zoe hoch – und David spürte in seiner Übermüdung plötzlich kurz die Furcht, man könnte ihn wegen Kindesentführung belangen. Aber die Kontrolle dauerte nur Sekunden. Alles ging gut. Jetzt sind die Polizisten verschwunden und Zoe schläft schon wieder.

Doch mit dem Überqueren der Grenze hat David auch eine innere Grenze überschritten. Er begreift: Rom liegt jetzt hinter ihnen. Die Alpen sind bezwungen. Dieselben Alpen, die Hannibal mit seinen Elefanten überquerte. Und David scheint es ein noch größeres Wunder, dass er die Alpen mit seiner Tochter überwunden hat. Doch nun?

Sie rasen in Hochgeschwindigkeit auf Deutschland zu. Und damit auf die Realität. David bekommt auf einmal Skrupel, was er da macht. Kindesentführung. Juristisch kann sicher nicht viel passieren bei einer fast Volljährigen. Und Zoe ließ ihm ja gar keine andere Wahl, als sie einfach mitzunehmen. Für sie war das klar, dass sie ihrem Vater folgt.

Aber was wird Carla zu alledem sagen? Wird sie nicht Amok laufen, wenn er ihre Tochter einfach so überfällt und mitnimmt? War das nicht die dümmste Idee der Welt, wenn er sich doch um Zoes willen ein entspanntes Verhältnis zu Carla wünscht? Okay, für Skrupel ist es jetzt zu spät. Er will ja auch Carla nicht die Tochter wegnehmen. Auf keinen Fall. Er will Zoe nicht gleich bei sich einziehen lassen, selbst wenn sie das so plant. Zumindest nicht sofort. Im Grunde muss Carla gar nichts von dieser Eskapade erfahren. Und in ein paar Monaten kann Zoe ohnehin treiben, was sie will. Bis dahin wird man sehen, wie man das gütlich klärt.

Doch Julia! Wie wird Julia all das aufnehmen? Zum ersten Mal in diesen Stunden seit dem Wunder auf der *Spanischen Treppe* muss er wieder intensiv an Julia denken. Er sieht sie vor sich, wie sie in ihrer Wohnung am Küchentisch sitzt vor einer Tasse Tee. Das leuchtende Nachmittagslicht durchströmt den Raum. Aber Julia nimmt es nicht wahr. Ihr Lockenhaar ist aufgelöst. Sie starrt ins Leere und weiß nicht weiter. Er fühlt den starken Wunsch, sie zu umarmen und zu küssen.

Seine über alles geliebte Julia, seine Kometin, die er auf keinen

Fall verlieren will – und die jetzt vielleicht schon völlig verzweifelt ist und jeden Glauben an seine Liebe verloren hat.

Wie wird sie ihn empfangen? Und vor allem: Wie wird sie Zoe empfangen? War das ihr Ernst, dass ihr Vorrat an Mutterliebe schon erschöpft ist, ehe sie überhaupt Mutter war? Kann sie trotz allem so etwas wie Zuneigung empfinden für dieses zarte, widerspenstige, wunderbare Wesen, das seine Tochter ist? David hat nicht die leiseste Ahnung.

Aber wie auch immer. Es hat keinen Sinn, darüber noch zu grübeln. Die Entscheidung ist gefallen. Sie sitzen jetzt im Zug nach München. In wenigen Stunden kommen sie an. Für Skrupel ist es definitiv zu spät. Gedanken nützen nichts mehr. Was immer nun geschehen wird mit Carla, mit Julia – er kann sich nur blind auf den *Kairos* verlassen. Wie auf der Treppe vor *Santa Trinità*. Die idiotische Idee, den Fächer auf die Stufen fallen zu lassen. Leas Entschluss, den Schlangenarmreif zu kaufen. Das seltsame Dreigestirn mit dem Rollstuhl. Der afrikanische Klapptisch, der ihm gegen das Knie schlug. Nichts davon hatte er vorhersehen können. Alles *Kairos*. Also, sagt sich David, schalt einfach alle Gedanken aus! Überlass alles dem Augenblick! Vertrau dem *Kairos*!

\* \* \*

David steht auf dem Gang vor ihrem Abteil. Zoe ist gerade in der Toilette verschwunden, um sich nach der schlaflosen Nacht und der endlosen Zugfahrt ein wenig zu erfrischen. Rosenheim liegt hinter ihnen. David schaut auf seine Armbanduhr. Es ist jetzt nur noch eine halbe Stunde bis München Ost. Und keine Dreiviertelstunde, bis er Julia im Arm halten wird. Nach ihrer ewigen Trennung, die in Wahrheit noch keine zwei Tage dauert.

Tatsächlich. Es ist erst Pfingstmontag. David kann es nicht fassen. Er dehnt seine Glieder, reibt sich über das stoppelbärtige Gesicht und schaut in die vorüberfliegende Landschaft hinaus. Plötzlich überkommt ihn eine so tiefe, tiefe Sehnsucht nach Julia, wie er sie noch nie empfunden hat. Und im selben Moment, wie in einer Vision, ist ihm plötzlich alles klar. Alle Zweifel und alle Sorgen sind verschwunden. Alles ist ganz einfach.

Er hört die Toilettenspülung. Das Klacken beim Entriegeln der Klotür. Und Zoe drückt die Tür auf und erscheint im Gang. Sie lächelt ihm zu. Bleich, aber zuversichtlich. Er schließt sie in die Arme und küsst ihre Wange.

# 40

Es ist früher Abend. Menschen schlendern durch das frühlingshafte Haidhausen. Überall sieht man blühende Bäume. Das Taxi hält in der Rablstraße vor einem großen Jugendstilbau. Drei Wagentüren klappen auf. David und Zoe steigen aus. Der Fahrer folgt ihnen, öffnet den Kofferraum und stellt die zwei Rollkoffer, die Tragetasche und den orangen Rucksack aufs Pflaster. David bezahlt und bedankt sich beim Fahrer, dann nimmt er die beiden Rollkoffer und Zoe ergreift die Tasche und hängt sich den Rucksack um. Die beiden gehen zum Haus.

Während Zoe die schöne weiße Fassade mit den geschwungenen Ornamenten betrachtet, holt David seinen Schlüsselbund aus der Tasche, sucht klimpernd den richtigen Schlüssel, schiebt ihn ins Schloss und dreht herum. Dann drückt er die schwere Holztür mit dem Messinggriff auf und hält sie fest und Zoe folgt zögernd. Die beiden steigen die knarzenden Stufen zum zweiten Stock empor. Das Treppenhaus ist erhellt vom Abendlicht. Es riecht nach Curry und Bohnerwachs. Eine junge blonde Frau mit Säugling im Tragetuch kommt ihnen entgegen und sagt: »Hallo, David!«

»Hallo, Ina!«, grüßt er zurück und auch Zoe sagt »Hallo!« und die Frau lächelt sie an.

»Ach ja«, ruft Ina. »Ich hab noch ein Päckchen für euch angenommen. Vorhin wollt ich es euch bringen, weil ich dachte, Julia wäre da. Aber da hab ich mich wohl getäuscht.«

»Danke«, sagt David. »Ich hol es später.«

Oben tritt er vor eine Wohnungstür mit dem Schild *Just/Mauritz* und stellt das Gepäck ab. Zoe wird plötzlich wieder bleich und schnauft tief. Aber David lächelt ihr ermutigend zu und hält

Zoe seine linke Hand hin, die sie mit ihrer Rechten ergreift. Er schaut Zoe an und fragt:»Bereit?«Sie nickt.

Dann drückt er auf den Knopf der runden Messingklingel. Zoe schaudert, obwohl es so warm ist. Nichts geschieht. Er klingelt noch einmal. Nun länger. Es dauert eine ganze Weile, bis man drinnen ein Geräusch hört. Plötzlich sieht man im Spion einen Schatten vorüberstreichen und die Tür geht auf.

Julia erscheint mit offener blonder Lockenmähne und in T-Shirt und Jogginghose. Sie sieht bleich und übernächtigt aus und fährt überrascht zurück, als sie die beiden erblickt. Sie sagt nur:»David –?«

David lächelt und sagt:»Hallo, Julia! Ich hab dir jemanden mitgebracht. Das ist Zoe.«

Julia starrt Zoe an. Dann David. Dann wieder Zoe.

Plötzlich schlägt sie beide Hände vor den Mund.